W0287286

PATRIAS **SIN** ALMA

última línea
de narrativa

Jose Antonio Gómez

PATRIAS **SIN** ALMA

última línea

Primera edición, mayo de 2018

© Jose Antonio Gómez, 2018

© Última línea, S.L., 2018
Strachan, 11
29015 Málaga
www.ultimalinea.es
editorial@ultimalinea.es

Cualquier forma de reproducción, distribución, comunicación pública o transformación de esta obra solo puede ser realizada con la autorización de sus titulares, salvo excepción prevista por la ley. Diríjase a CEDRO (Centro Español de Derechos Reprográficos) si necesita fotocopiar o escanear algún fragmento de esta obra (www.conlicencia.com)

ISBN: 978-84-16159-53-6
Depósito legal: MA 420-2018
IBIC: FHP, FL, FV

Impreso en España – Unión Europea

A todos los
Winston Smith,
por intentarlo

AVISO

Esta es una obra de ficción. Los nombres, personajes y situaciones narradas son ficticias y cualquier parecido con personas o hechos reales es mera coincidencia.

ÍNDICE

CAPÍTULO 1

FRANCESC

Era un luminoso día de septiembre en Barcelona. La mañana de un día festivo. La ventana estaba abierta y se escuchaba la alegría de la gente dirigiéndose a la concentración.

Francesc Baró también debería haber estado en camino, pero, inmóvil, se miraba fijamente en el espejo. Tenía apoyado el cañón de una pistola en su sien y el dedo índice de su mano derecha en el gatillo. Estaba tranquilo. No quería precipitarse. Deseaba percibir cada instante, como el día de la niña de los ojos oscuros.

Repasó una vez más los detalles: los documentos en lugar seguro, el mensaje yendo ya hacia su destino, cualquier prueba eliminada y la nota sobre la mesa. Sabía que esa nota nunca se haría pública. No era su objetivo; solo pretendía ganar tiempo. Había fracasado en lo más importante y la única posibilidad estaba en manos de Marina.

Los guardaespaldas llamaron nuevamente a la puerta con impaciencia. Le insistieron en que era tarde: debían salir ya.

No podía retrasarlo más. Se miró directamente a los ojos. Apretó lentamente el gatillo hasta sentir el disparo y el retroceso del arma en su mano. Notó cómo se quebraban los huesos de su cabeza. Vio cómo su rostro se deformaba. La bala llegó a su cerebro. Intentó seguir mirándose a los ojos, pero ya solo vio los ojos oscuros de la niña. Luego, por fin, nada.

CAPÍTULO 2

MARINA

11 DE SEPTIEMBRE. VIERNES, 18:00

Marina salió del edificio donde trabajaba, en el centro de Madrid. Le gustaban los viernes. Se sentía aliviada por haber terminado el trabajo semanal, aunque, como solía ser habitual, no tenía ningún plan para el fin de semana. No le importaba, incluso estaba especialmente contenta, porque solo le quedaba una semana para el inicio de las vacaciones.

Caminó hacia la plaza de Benavente, donde entró en una gran tienda de arreglos de ropa, un tipo de negocio que había florecido en los últimos años. Numerosos clientes esperaban a ser atendidos. Se dirigió a la máquina de solicitud de turno, aproximó su teléfono móvil y en la pantalla apareció el mensaje: «Gracias, Sra. Conde. Hay - - 12 - - clientes esperando ser atendidos. Por favor, espere su turno». Unos veinte minutos después, apareció un aviso de llamada para ella en un gran panel situado en lo alto: «Marina Conde, mostrador 3». Se acercó y, de forma mecánica, colocó el móvil en un lector situado en el mostrador y dijo:

—Vengo a recoger unos pantalones que dejé para arreglar.

El dependiente miró en una pantalla delante de él, anotó algo en un trozo de papel y, sin decir nada, se levantó. Regresó pasado un minuto, le entregó dos pantalones y preguntó:

—¿Te los vas a probar?

—Sí —respondió Marina.

—Probador 3. Si estás conforme, pagas directamente en caja; si no, vuelves aquí.

Se probó uno de los pantalones y se miró en el espejo. No pudo evitar que su vista se dirigiera a su rostro, con sus permanentes ojeras. Era atractiva, pero raramente se maquillaba ni prestaba atención a su aspecto físico; no le interesaba. Luego se centró en revisar el arreglo del pantalón y le pareció correcto. Se probó el otro y también quedó conforme. Tenía 40 años y en los últimos 10, por comodidad, prácticamente solo había utilizado pantalones.

Se dirigió a la caja y puso el móvil en el lector situado delante de la cajera que, después de mirar la pantalla, dijo:

—Cuatrocientas veinte pesetas. Valide el pago, por favor.

Colocó el dedo índice en el lector de huellas de su teléfono y sonó un leve pitido.

—Gracias. El siguiente —se despidió la cajera.

Marina conectó unos pequeños auriculares al móvil y se los ajustó con cuidado en los oídos. Después de pulsar el botón de reproducción, salió a la calle, que estaba llena de banderas y carteles con consignas. Unas pretendían elevar la moral de la población y otras lograr que esta no olvidara que estaban en guerra y debían permanecer siempre atentos a la existencia de agentes enemigos infiltrados.

Llegó a la cercana boca de metro y, sin quitarse los auriculares, abrió la barrera de acceso, acercando el móvil. Le parecía fantástica la utilización del móvil para todo. Ya no era necesario llevar dinero, ni billetes, ni pases, ni tarjetas, ni DNI, ni llaves, ni nada de lo que era necesario antiguamente.

El móvil, personalizado con el SiSPer, Sistema de Seguridad Personal, hacía todas estas funciones y, además, incorporaba GPS, localizador, acceso a Internet y muchas otras aplicaciones. Inicialmente, algunas personas se quejaron de que atentaba contra su intimidad, pues en el móvil quedaba registrado todo lo que hacían. Ella estaba encantada.

Abrió el portal de su casa, acercando el móvil a un lector situado en el lugar de la cerradura. De la misma forma, abrió el buzón, del que recogió unas cartas, y la puerta de su vivienda.

Como siempre, encendió la televisión nada más entrar en casa. Vivía sola y justificaba ese ritual porque la televisión la acompañaba. En realidad, pretendía mantener su mente ocupada y tratar de no pensar en lo que le torturaba cada día de los últimos 10 años.

Solo había cuatro canales de televisión: uno de entretenimiento, otro de deportes, otro de información y un cuarto, llamado cultural. Seleccionó con su móvil este último. Casi todo el día emitía un programa de gran éxito titulado *Alimañas.* Era una evolución de antiguos programas de telerrealidad, muy populares en los primeros años del siglo. En este programa, los protagonistas eran prisioneros de guerra o presos por actividades antipatrióticas. Vivían en un recinto cerrado, con diferentes zonas, donde cada uno defendía su espacio, su alimento y su vida.

Los guionistas provocaban las reacciones de los protagonistas, poniéndolos en situaciones límite. Los llamaban «experimentos sociológicos». Un experimento típico era dar comida o bebida solo a algunos de los prisioneros, dejando al resto hambrientos, hasta causar ataques entre ellos. Las conclusiones de los experimentos sociológicos eran siempre las mismas: la falta de principios y moral de los participantes en el programa.

Los espectadores, con sus votos, podían condenar a muerte a algún participante, si consideraban que su comportamiento era merecedor de ello. También podían votar para liberar a alguno de los presos, en el caso de mostrar un comportamiento humanitario. Hasta entonces, no se había liberado a ninguno.

Los momentos de mayor audiencia coincidían con asesinatos y violaciones. Se diseñaban situaciones para que ocurrieran crímenes cada vez más crueles: violaciones en grupo y otras acciones que dieran variedad al programa. Un gran equipo de psicólogos, guionistas y realizadores desarrollaba sin descanso nuevas ideas para mantener el interés y la audiencia.

Se emitía en directo, realizándose a diario programas con resúmenes de las imágenes más impactantes y debates donde se remarcaba la falta de principios y moral de los participantes, destacando el tipo de escoria que eran. Eso demostraba la inferioridad de esos seres sobre los ciudadanos de la Federación Ibérica y justificaba la necesidad de defenderse de ellos. Los psicólogos recomendaban ver este programa a cualquier edad, por su valor educativo. Ayudaba a los jóvenes a estar preparados para defender su forma de vida y enfrentarse a esos enemigos inhumanos.

A Marina, como a millones de espectadores, le hacía sentirse bien confirmar que pertenecía al lado bueno del mundo. Ella no era como esas alimañas; nunca actuaría así. Reconocía que algunas veces las imágenes eran desagradables, pero la emisión tenía un poder hipnótico que le hacía mantener fija la vista en la pantalla. Además, solía ser un tema de conversación por las mañanas en el trabajo, con lo que ayudaba a las relaciones sociales.

No había pasado ni una hora desde que se sentó a ver el programa, cuando la pantalla de su móvil se iluminó, indicando la recepción de un mensaje. Era de Sara. Se sorprendió, llevaba tiempo sin tener noticias de ella. Lo abrió y leyó: «¿Has visto las noticias?». Respondió en otro mensaje con un escueto «no¿?».

Seleccionó el canal de noticias. Eran las habituales. El avance en los frentes hacía presagiar una victoria definitiva, en los próximos meses, de la Federación Ibérica sobre la antigua comunidad de Cataluña, que ahora se autodenominaba Países Catalanes y reclamaba otros territorios de la Federación Ibérica. El presentador indicó que la victoria no se había producido aún, debido a las precauciones tomadas por la Federación para proteger y no causar daños a los civiles. Las noticias continuaron con la mejora en el nivel de vida en la Federación, a pesar de los conflictos; la desarticulación de un grupo terrorista, gracias al SiSPer, que había evitado varios atentados brutales contra personal civil, incluido colegios; el enorme número de muertos y la violencia atroz en los enfrentamientos entre Flandes y Valona, Estados de la antigua Bélgica; las protestas por las penosas condiciones de vida en varios Estados, principalmente Alsacia, Países Catalanes y La Padania.

Las noticias parecían las habituales, y ninguna era significativa como para que Sara preguntara. Estaba a punto de enviarle otro mensaje pidiendo una aclaración, cuando el locutor del informativo dijo:

«Hoy ha muerto uno de los dirigentes de los autoproclamados Países Catalanes, Francesc Baró, ministro de Información y

mano derecha del sanguinario presidente Oriol Rigol. Ha sido uno de los dirigentes más destacados en la represión y exterminio de los ciudadanos de la región de Cataluña. La información sobre su muerte es confusa. No se descarta ninguna causa, pero todo apunta a luchas internas entre las diferentes facciones para mantenerse en el poder. Se reciben noticias de masivas protestas ciudadanas contra los dirigentes, reprimidas cruelmente por las fuerzas fascistas catalanas».

Se quedó paralizada, pero poco a poco le invadió un sentimiento de alegría. Sentía un profundo odio hacia Francesc. Había soñado muchas veces con su muerte y, por fin, el sueño se había cumplido. Lo odiaba más de lo que lo amó en su momento. Él la separó de lo único que le importaba: su hija. Al pensar en su hija, la alegría se extinguió. Los años no habían mitigado el dolor. Ni un solo día había podido olvidarlo. Cumpliría quince años el 15 de noviembre y hacía casi diez que no la veía.

No dieron más información, pero necesitaba más. Conectó el ordenador a su móvil para navegar por Internet. No podría acceder a páginas catalanas, pues el gobierno bloqueaba el acceso a direcciones de países enemigos (oficialmente, para evitar ataques con virus a las infraestructuras informáticas de la Federación Ibérica). Solo se podía acceder a las páginas autorizadas en países amigos o en la propia Federación.

La República Nacionalsocialista de Baviera se consideraba un país amigo y también mantenía buena relación con Cataluña. Marina dominaba el alemán y, de vez en cuando, leía periódicos de Baviera. Abrió la página de «Der Focus» y buscó la noticia.

«Países Catalanes.

Última hora. Ministro muere en atentado.

El gobierno de los Países Catalanes ha informado del asesinato en un cobarde atentado de uno de sus máximos dirigentes, el ministro de Información Francesc Baró. El presidente, en un emotivo discurso, ha prometido que se defenderán de las agresiones imperialistas de España contra los ciudadanos de los Países Catalanes y ha jurado vengar ese vil asesinato.

El atentado se ha producido esta mañana en la puerta de la casa del ministro, cuando se dirigía a la fiesta nacional del 11 de septiembre. Recibió un solo tiro en la cabeza y su asesino intentó huir a pie. Fue detenido por ciudadanos que en ese momento acudían a las celebraciones. El terrorista murió al intentar huir, mientras lo trasladaba la policía. Ha sido identificado como Juan Urquijo García, uno de los terroristas españoles más buscado, acusado del atentado en los cines Roxy, donde murieron más de doscientas personas el año pasado.

Espontáneas manifestaciones de repulsa por el atentado y apoyo al gobierno se han producido por todo el país. La capilla ardiente se está organizando en el templo de la Sagrada Familia. Ya hay colas de miles de ciudadanos que quieren ser los primeros en mostrar sus respetos y apoyo ante el cadáver del destacado dirigente».

Ninguna referencia a Roser.

En ese momento sonó el teléfono. Llamaba Sara.

CAPÍTULO 3

ROSER

11 DE SEPTIEMBRE. VIERNES, 20:00

Por la tarde, centenares de miles de personas rodeaban la catedral de la Sagrada Familia en Barcelona. Los ciudadanos querían mostrar su repulsa por el atentado y homenajear al ministro de Información asesinado por la mañana. Miembros del grupo JuCat, Juventudes de Defensa de los Países Catalanes, intentaban organizar a las masas.

Por la mañana se había celebrado la manifestación de la Diada, fiesta de la patria catalana y, posteriormente, la mayoría de los manifestantes se habían dirigido hacia la catedral, portando banderas de diferentes tipos. Muchos también vestían ropas amarillas con barras rojas impresas. Otros llevaban las banderas a modo de capa. Familias completas o grupos de amigos vestían igual y llevaban con orgullo los mismos complementos en rojo y amarillo. Era muy normal llevar la cara pintada con la bandera. Niños de corta edad y bebés eran también vestidos con los mismos colores. Nadie quería quedarse atrás en patriotismo. El impacto visual era fantástico, y cuando, al unísono, se gritaba alguna consigna o se cantaba algún himno, era imposible no emocionarse.

Los ciudadanos se fundían en esa masa roja y amarilla. Se sentían felices de pertenecer a una comunidad y poder mostrar con orgullo su compromiso. La completa disolución en el grupo les daba seguridad. No tenían que decidir, solo dejarse llevar. Se sentían protegidos. Mientras pertenecieran a él, el grupo los protegería y atacaría a quienes los amenazaran. Y ahora, quienes los amenazaban eran los asesinos de Francesc Baró.

Se habían instalado grandes pantallas en el exterior de la catedral, para poder seguir los actos que se desarrollarían en su interior. La primera imagen transmitida fue la llegada del féretro, cubierto por la bandera cuatribarrada. En el momento en que se situó en la entrada del templo, comenzó a sonar, en los potentes altavoces, *Els Segadors*, himno de los Países Catalanes. Los asistentes acompañaron el himno con sus cantos. Cientos de miles de voces cantaban y otras tantas banderas ondeaban a la vez. Era un espectáculo colosal y profundamente emotivo. La mayoría de los asistentes estaban sincera e intensamente emocionados; incluso, algunos, no podían evitar el llanto.

Una vez terminado el himno, el féretro fue conducido a hombros por miembros del ejército con trajes de gala. Avanzó lentamente por la nave principal del templo. Detrás marchaba solitaria Roser, hija única de Francesc, vestida con un traje blanco y llevando un ramo de rosas rojas y amarillas entre sus manos. Unos potentes focos seguían el recorrido del féretro y la niña por el templo. Detrás, a unos diez metros, iban los miembros del gobierno, encabezados por su presidente, Oriol Rigol, y otras autoridades, muchas de ellas en uniforme. Por las pantallas se emitían imágenes que mostraban la marcha lenta de esta comitiva. Estas imágenes estaban tomadas con una cámara en una posición muy baja, casi en el suelo, lo que agrandaba las figuras de los miembros del Gobierno y transmitía sensación de poder y solemnidad. Se intercalaban con imágenes, tomadas desde lo alto, de la muchedumbre en el exterior o primeros planos de rostros llorosos.

Colocaron el féretro en el centro de la cruz, formada por la base de la nave principal del templo. Roser y las autoridades se sentaron en unos asientos situados en un lateral. Una vez terminados los preparativos, la niña se acercó al féretro acompañada del presidente. Puso las rosas encima de la caja y besó la bandera que la cubría. El presidente saludó con la cabeza y regresó, junto con Roser, a su asiento.

Andreu Font, vicepresidente y ministro de Defensa de los Países Catalanes, amigo desde la infancia de Francesc, fue el encargado de pronunciar unas palabras en su honor. Se dirigió hacia un estrado, cerca de la cabecera del féretro. Esperó con la cabeza gacha, mirando al suelo, hasta que se hizo el silencio dentro y fuera del templo. Luego, comenzó a hablar muy lentamente, en un tono apenas perceptible, que obligaba a todos a estar muy atentos.

—Mis queridos compatriotas, hombres y mujeres de los pueblos catalanes… —hizo una pausa y continuó—: Hoy, una niña ha quedado huérfana. Hoy, yo he perdido a mi mejor amigo, a mi hermano —después de una nueva pausa y, subiendo ligeramente el volumen de voz, continuó preguntando a los presentes—: ¿Pero creéis que, realmente, estamos aquí por eso? —aumentó aún más el volumen—. ¿Estamos aquí reunidos, cientos de miles de ciudadanos, porque una niña ha perdido a su padre y un hombre a su hermano?

Se quedó con los brazos estirados y las palmas hacia adelante, como esperando recibir la respuesta de los asistentes. Después de unos segundos, él mismo se contestó gritando:

—¡NO! —acompañó la negación con un violento movimiento de la mano—. ¡NO ESTAMOS AQUÍ POR ESO!

—calmó un poco el tono de voz—. Tampoco estamos aquí porque han asesinado a uno de los padres de la patria catalana. Uno de los ciudadanos que más ha hecho para que seamos libres y vivamos mejor. Un hombre bueno y justo... ¡No, tampoco estamos por eso!

Hizo otra pausa y continuó:

—¡Estamos aquí para decirles a nuestros enemigos que no importa a quién asesinen! ¡Los Países Catalanes no son el capricho de unos cuantos políticos que han enloquecido, sino todo lo contrario, es un deseo del pueblo! —con el brazo estirado y el dedo índice señalando a los presentes, prosiguió el discurso—. ¡Es un deseo de todos y cada uno de vosotros! ¡Y no pueden matar a cada uno de vosotros! ¡No os pueden parar!

Los aplausos y gritos de apoyo le interrumpieron durante más de un minuto. Luego continuó:

—Es vuestro deseo y esto es lo primero que nosotros debemos exigir y exigimos: ¡que se dé libertad a nuestro pueblo, que se rompan las cadenas en mil pedazos y que los Países Catalanes sean otra vez dueños de su alma y señores de su destino, junto a todo aquel que quiera unirse! —bajó el tono de voz y continuó—. Somos un pueblo laborioso y pacífico. Queremos vivir en paz y libertad. Francesc era un ejemplo de ello, dedicado a su familia y a trabajar para mejorar la vida de los ciudadanos.

Hizo una pausa, hasta que el silencio en la catedral fue absoluto.

—No odiamos, ni queremos el mal de nadie. Solo exigimos lo que por justicia es nuestro. ¿Permitiremos que roben y maten a nuestras familias? ¡NO! ¡Pacíficos no significa cobardes! Y lucharemos. ¡Sí, lucharemos, si eso es lo que nos exigen! ¡Todos estamos dispuestos a luchar hasta el final! —y, remarcando la pronunciación de cada silaba, añadió—. ¡Que todo el mundo lo sepa: aquí no hay cobardes!

Al unísono, empezaron otra vez los gritos, aplausos y movimientos de banderas. Antes de que las voces se calmaran totalmente, el vicepresidente continuó, casi gritando:

—Y quiero decirles a esos asesinos españoles, y a los cerdos traidores que colaboran con ellos, que tomen buena nota, ¡que lo entiendan bien! ¡Juro...! ¡Juro sobre el cadáver de Francesc Baró que lo vengaremos! ¡Vamos a ir a por vosotros! ¡Este pueblo os va a exterminar! ¡Libertad para los Países Catalanes! ¡Venceremos!

Las últimas palabras apenas pudieron oírse. El ruido era ensordecedor.

Dentro de la catedral, todos estaban de pie, aplaudiendo. Roser permanecía sentada y ausente, mirando fijamente el ataúd de su padre. El presidente se acercó al estrado y se fundió en un abrazo con Andreu. Luego, levantaron los brazos, se cogieron de una mano y con la otra hicieron una «V», mientras el resto de los asistentes seguía en pie, aplaudiendo.

Durante varios minutos, continuaron los aplausos y gritos de apoyo. Cuando la intensidad descendió, los miembros del gobierno comenzaron a salir, entre vítores, por el centro de la nave principal.

Roser continuó sentada. Andreu Font se acercó y la cogió cariñosamente. La ayudó a levantarse y caminó con ella de la mano hasta la entrada principal, donde todo el gobierno se había detenido para saludar a la muchedumbre antes de montar en sus vehículos. Roser permanecía inmóvil. Andreu se agachó para decirle algo al oído. Entonces, la niña esbozó una sonrisa y agitó la mano en forma de saludo. En ese momento, las masas gritaron nuevamente, exigiendo justicia.

Una vez las autoridades se marcharon, comenzó la visita de los ciudadanos. Igual que en la Federación Ibérica, todos los habitantes de los Países Catalanes debían llevar obligatoriamente un móvil con un sistema SiSPer. Al entrar y salir del templo todos pasaban por un arco que controlaba y registraba quién entraba en el templo y evitaba que algún indeseable pudiera acceder. A pesar de que los ciudadanos pasaban en cuatro filas y caminando a un ritmo muy rápido delante del féretro, el pueblo estuvo durante dos días, con sus noches incluidas, visitando el cadáver. En los siguientes días, el gobierno daría las gracias por el espontáneo gesto de apoyo que la ciudadanía había mostrado.

CAPÍTULO 4

SARA

11 DE SEPTIEMBRE. VIERNES, 20:30

Al recibir la llamada de Sara, Marina dejó las búsquedas en Internet.

—Hola, guapísima. ¡Cuánto tiempo! ¿Cómo estás?

—¿Lo has visto ya? —dijo directamente Sara, sin ni siquiera saludar.

—Sí.

—No sé si felicitarte o darte el pésame…

—De momento, el mundo se puede felicitar, ¡un hijo de perra menos! —dijo Marina, aparentando buen humor.

—Y, ahora, en serio, ¿cómo estás?

—Pues, la verdad… No lo sé… Impresionada, feliz, triste…, confundida. Me preocupa Roser. No puedo dejar de pensar en qué será de ella ahora. Por otra parte, no puedo evitar alegrarme de que mataran a ese malnacido.

—¿Mataran? ¿Quieres decir asesinado...? Según las noticias, no se sabe la causa.

—He estado leyendo un periódico de Baviera y hablan de atentado —indicó Marina.

—No me gusta el teléfono para hablar de estos temas. Paso a buscarte y salimos a tomar algo. Te vendrá bien relajarte.

Además, hace siglos que no nos vemos. Ponte guapa, estoy en tu casa en una hora.

—No, no. Muchas gracias. De verdad, necesito centrarme y pensar un poco en esto. Nos vemos mañana, si quieres.

—¡De eso nada! No te voy a dejar en casa sola ahora. Además, es viernes, mañana puedes descansar. Prepárate, voy para allá —dijo Sara, cortando la llamada.

Realmente, Marina preferiría quedarse. Estaba confusa y necesitaba pensar con tranquilidad, pero sabía que sería imposible. Si Sara había tomado la decisión de salir, saldrían irremediablemente. Si fuera necesario, la empujaría a la calle. Finalmente, pensó que tal vez le vendría bien tener a alguien con quien hablar. Le ayudaría. Además, salir con ella siempre era divertido. Se encogió de hombros, sonrió y comenzó a arreglarse.

Sara era lo más parecido a una amiga que había tenido en los últimos años. Se conocieron al poco de instalarse en Madrid. Había sido la persona más cercana a Marina desde entonces. Conocía su pasado y la ayudó en los momentos difíciles. A pesar de ello, nunca confió totalmente en ella y pensaba que ya nunca volvería a confiar totalmente en nadie. La última persona en quien lo hizo fue Francesc y llevaba casi diez años odiándolo.

Sara parecía mucho más joven que ella, no solo por su aspecto, sino por su actitud. No sabía exactamente su edad. «Hay que mantener el misterio para que las relaciones duren», solía decir, riendo, cuando hablaban del tema. Era muy vital y casi siempre estaba contenta. Era de ese tipo de personas que te arrastran, aunque tú no puedas más. Algunas veces no podía evitar odiarla, pues parecía que todo salía como ella quería. Los problemas y las frustraciones quedaban para los otros.

Una vez preparada, revisó el correo para hacer tiempo mientras llegaba Sara. Muy pocas cosas se enviaban ya en papel, principalmente información del gobierno y publicidad. Le llamó la atención una de las cartas. Era publicidad de una bolera llamada «Ilusiona». Había una bolera en Barcelona con ese mismo nombre; era uno de los sitios preferidos de Francesc antes de casarse. El remite era de Madrid. No había estado nunca en ella y ni siquiera sabía que existiera una con ese nombre en su ciudad. En ese momento, sonó el timbre del telefonillo. Pulsó para abrir la puerta de la calle y dejó abierta la puerta de su apartamento.

Unos segundos después entró Sara. Era alta y delgada, con el pelo muy corto y facciones angulosas, pero agradables y sin imperfecciones. Se movía con una elegancia que hacía el conjunto terriblemente atractivo para hombres y mujeres.

Sara abrió los ojos de una forma exagerada y dijo:

—¡Dios mío, estás pálida como una muerta! Y no querías que viniera... —la abrazó, le dio dos sonoros besos y preguntó—: ¿Cómo estás?

—He tenido días mejores, pero bien. Tú, ya veo que estupendamente — dijo Marina.

—Lo que necesitas es un poco de fiesta.

—¿Quieres tomar algo o nos vamos?

—Lo que nosotras necesitamos no lo tienes tú en casa, así que vámonos y recuperarás el color. Por cierto, ¿has hecho voto de castidad? —preguntó mientras le desabrochaba dos botones de la parte superior de la camisa y colocaba esta de una manera más sugestiva —. Ahora sí… ¡Esta noche triunfas! —añadió Sara, riendo.

Después de mucho esfuerzo, Marina consiguió convencerla de ir a cenar a un sitio tranquilo. Aceptó a regañadientes, con la promesa de que otro día irían a «La Carpa de San Miguel», un antiguo mercado en el centro reconvertido en sala de fiestas. En esos días, era uno de los pocos lugares de ese tipo abiertos y siempre estaba abarrotado. A Sara le encantaba, se sentía como pez en el agua en ese ambiente.

Para cenar, tampoco había muchas alternativas. Las guerras, las continuas crisis y los sueldos bajos dejaban pocos recursos disponibles para la diversión. Decidieron cenar en un pequeño restaurante familiar en el centro. Reservaron a través de su móvil, como era obligatorio antes de ir a cualquier lugar público. Realmente, no hubiera sido necesario, pues el restaurante tenía libres más de la mitad de las mesas, pero no las habrían atendido si no hubieran reservado previamente.

Sara se obstinó en hablar de Francesc. Decía que lo peor que podía hacer era dejarlo dentro e insistió a Marina en hablar de lo ocurrido, de cómo se sentía y de lo que pensaba hacer.

—Y ¿qué puedo hacer…? Aunque él esté muerto, yo no puedo recuperar a mi hija. Solo me queda seguir con este dolor por dentro. Nunca se me quitará del todo, pero estoy acostumbrada a vivir con él. ¡Salud! —dijo, dando un largo trago del vino barato de la cena.

—¿Y no se te ha ocurrido ir a Barcelona para estar con Roser?

—¿Cómo podría ni siquiera intentarlo? Para serte sincera, lo pensé durante un tiempo. Bueno, realmente, soñaba con ello. Me imaginaba llegando una noche a la habitación de

Roser, cogiéndola en brazos. Ella abría los ojos, me miraba, sonreía y me abrazaba con fuerza. Salíamos corriendo... y me despertaba sola. Otras veces, despierta, me quedaba embobada pensando cómo sería encontrarme de nuevo con ella, abrazarla. Pero eran solo eso, sueños sin sentido.

—¿Y, ahora, con la muerte de tu ex? —preguntó Sara.

—Simplemente un consuelo. A todos los cerdos les llega su San Martín. Pero no puedo hacer más. Mi hija está en un país enemigo; nos odian y nosotros los odiamos. Ella estará bien cuidada, seguro que es feliz. Además, a mí me meterían en la cárcel o me matarían si regresara allí.

—Pero, y si hubiera...

—¡Por favor, déjalo! —la interrumpió bruscamente Marina—. Estoy pensando en Roser continuamente, no me hagas seguir con esto. Me guste o no, es el pasado. Si eres mi amiga, ayúdame a no pensar en ello —dijo y dio nuevamente un largo trago de vino.

Sara no insistió. Estuvieron unos segundos en silencio y luego, cambiando de conversación, dijo:

—¿Te he contado el lío con mis nuevos compañeros de oficina?

—No —contestó Marina.

Entonces su amiga comenzó a contar unas divertidas historias relacionadas con unas citas con compañeros. Marina rio con ganas y en algunos pasajes fingió estar escandalizada. Sara enlazó unas historias con otras y no hablaron más de Francesc o Roser durante el resto de la noche.

Cuando decidieron marcharse, se dirigieron al metro. En el vagón, todos los viajeros las miraban. Sara seguía contando sus historias y Marina no podía evitar las carcajadas. Al despedirse, prometieron quedar nuevamente en los próximos días. Sara elegiría sitio.

Marina seguía con la sonrisa en la cara cuando abrió la puerta de su casa. Vio en la mesa del salón el correo que había empezado a revisar y directamente cogió el sobre de la bolera «Ilusiona». En ese momento fue consciente de que no había podido dejar de pensar en ese sobre durante toda la noche. Lo abrió. Contenía dos hojas impresas por ambas caras. Marina se quedó sin respiración. Era una carta de Francesc.

CAPÍTULO 5

NIÑA

11 DE SEPTIEMBRE. VIERNES, 23:45

Dejó las hojas sobre la mesa. Tardó unos segundos en reaccionar. Luego releyó el inicio de la carta:

«Querida Marina,

Hace mucho tiempo que debería haberte escrito para pedirte perdón. Ya es tarde para eso, pero tengo que pedirte que ayudes a Roser».

Notó presión en su pecho y el corazón acelerado. Intentó relajar los músculos del cuello; respiró hondo y continuó leyendo.

«Cuando leas esta carta posiblemente esté muerto. He estado conspirando contra mi propio gobierno durante los últimos meses y están a punto de descubrirlo. No puedo permitir que me atrapen, antes terminaré con mi vida, es la mejor alternativa para mí.

Sin embargo, Roser necesita ayuda, he fracasado en ponerla a salvo. No te pediría ayuda si tuviera otra alternativa. Mis padres murieron hace tres años en un accidente, por lo que, después de mi desaparición, no tendrá a nadie. Pero no se trata de que esté sola, sino de su vida, que estará en peligro cuando se descubran los detalles de mis acciones. Te ruego que intentes ayudarla. Es tu hija y no tiene ninguna culpa de lo que yo te hice a ti. Como tú, es una víctima.»

Tuvo que parar. Le temblaban las manos y apenas podía leer. Después de unos minutos, consiguió calmarse y reanudó la lectura.

«Hace unos meses sucedió algo que cambió mi vida y empecé a conspirar contra el propio régimen que había ayudado a crear. Ocurrió en contra de mi voluntad; tal vez simplemente me haya vuelto loco. No puedo sacarme de la cabeza lo que vi, no me deja vivir. El caso es que he estado recogiendo información que puede ser muy útil para los grupos de la resistencia en su lucha contra nuestro gobierno y para mostrar el grado de opresión y manipulación de las masas del que somos capaz.

Me daba igual el riesgo que yo corriera, pero no podía permitir que a Roser le sucediera nada, de modo que estaba preparando una vía para sacarla del país. Tenía dos contactos en los grupos de la resistencia. El acuerdo era que ellos pondrían a salvo a Roser a cambio de la información que yo les iba a proporcionar. Se la daría en cuanto Roser estuviera en lugar seguro. Todo estaba listo, pero hace unos días nuestra policía los descubrió. No fueron capturados con vida; si no, ya me habrían atrapado a mí también.

Sé que estoy bajo sospecha y me vigilan; están muy cerca de descubrirme. Por esto me es imposible buscar nuevos contactos para ayudar a nuestra hija, no puedo hacer más. Lo único que me queda es desaparecer, pues si me atrapan recuperarán los documentos.

Ahora tú eres la única opción de salvar la vida de Roser. Contacta con alguien de la resistencia en España, ofréceles toda la información recopilada por mí si salvan a nuestra hija. Son las mismas organizaciones, o tienen una relación muy estrecha, en España, Países Catalanes, Francia, País Vasco y la mayoría de los países europeos. Aunque están bien organizados, son unos soñadores. Pretenden acabar con las dictaduras nacionalistas y construir una Europa unida otra vez.

Debes tomar precauciones, los gobiernos infiltran agentes en los grupos de resistencia o, directamente, se hacen pasar por ellos. No confíes en nadie relacionado con la policía o el gobierno de España, es igual de dictatorial y sanguinario que el mío. Con los sistemas de seguridad y localización de los móviles pueden saber todo lo que hace e hizo cualquier persona, dónde, cuándo y con quién estuvo, los mensajes que recibe, de qué habla, su actividad en Internet... Todo. La única forma segura de comunicarme contigo ha sido esta carta, enviada a través de un amigo. Alguien la imprimirá en Madrid y te la hará llegar.

Los documentos que he conseguido están grabados en una memoria que guarda una persona de mi total confianza. No sabe lo que contiene y solo te la entregará a ti, y únicamente en el caso que vayas sola a recogerla. Para recuperarla debes ir «donde están las mejores caracolas del mundo». Estoy seguro de que sabes dónde es. Pregunta por Ramset y pídele el encargo de la familia Probst. Insisto, debes ir sola. Si te acompaña alguien, no te lo dará.»

Se detuvo y dejó la carta sobre la mesa. Estaba mareada y tenía el estómago revuelto. Había tomado demasiado vino en la cena. El contenido de la carta daba vueltas en su cabeza. «Roser», «peligro», «documentos», «salvar», «dictadura», «resistencia»... Tenía que hacer un gran esfuerzo para centrar su mente.

«La vida aquí ahora es muy diferente de lo que tú conociste. Los sueños desaparecieron, pero nos quedó el poder. Ha resultado fácil mantener a la gente dominada. Cuanto más miedo y necesidades tienen, más sencillo es generar en ellos odio hacia otros y que nos vean como sus salvadores, como dioses.

Mi vida era cómoda. Lo tenía todo. Pero lo que ocurrió me hizo volverme loco, echar a perder todo lo que tenía, terminar con mi vida y poner en peligro lo único que ahora me importa. No he podido evitarlo, he fallado también a Roser.

Necesito contarlo, no pido perdón. Se trata de un suceso que podría ser parecido a tantos otros de los pasados con Andreu, pero, desde que tuvo lugar, no he podido sacarlo de mi cabeza y no me deja vivir.

Fue un día, hace unos seis meses. Andreu y yo acostumbrábamos a organizar juergas donde Andreu solía traer jovencitas de las Juventudes de Defensa de los Países Catalanes. Estaban deslumbradas por estar con los padres de la patria. Se sentían en el paraíso, nos consideraban dioses, aunque simplemente fuéramos dos cerdos.

Habitualmente íbamos a un apartamento que Andreu tiene en el Ministerio. Ese día llegué un poco tarde y no vi a Andreu, pues estaba en la habitación con una chica. Media hora más tarde, yo estaba tumbado en uno de los sillones del salón con otra, cuando la que estaba con Andreu salió de la habitación chillando. Estaba desnuda. Era muy joven, casi una niña. Andreu estaba borracho y la golpeaba. La niña gritaba que por favor parara, que dejara de pegarle.

Andreu, lleno de ira, con los ojos a punto de estallar, gritó fuera de sí: «¿Pero quién te crees tú que eres para decirme a mí lo que tengo que hacer? ¡Hija de perra!». La cogió por el pelo y la arrastró hasta un aparador cercano. Abrió un cajón, sacó una pistola y colocó el cañón contra la sien de la niña. Andreu seguía gritando: «¡¿Tú sabes lo que les pasa a las zorras que se atreven a decirme lo que tengo que hacer?!».

La niña estaba aterrorizada, pero no contestó. Entonces, sin que en aquel momento yo entendiera por qué, al verme se quedó callada y mirándome solo a mí, con sus ojos llenos de terror apuntando directamente a los míos. Era preciosa, se parecía a Roser. Permaneció sin decir nada, sus ojos clavados en los míos.

Andreu disparó y el tiempo se ralentizó. Vi cómo la bala llegaba a la cabeza de la niña, que me seguía mirando. No hizo ningún gesto, simplemente continuó mirándome. Vi cómo la bala entraba en su cabeza, cómo sus ojos se deformaban mientras seguían mirándome fijamente. Finalmente, su cabeza estalló, pero yo seguía viendo los ojos oscuros que me miraban y, desde entonces, no he dejado de verlos.

Los guardaespaldas entraron alarmados por el disparo. Andreu les dijo que no pasaba nada, que limpiaran aquello. Y, señalando a la chica que estaba conmigo, les dijo que allí tenían otra para divertirse un rato, pero que luego la limpiaran también.

Me hizo un gesto para que saliéramos y me dijo: «Vámonos, esta mierda me ha estropeado la tarde». A mí me estropeó la vida. Tal vez si la niña no me hubiera mirado, no habría pasado nada. Pero, desde entonces, no puedo dejar de ver los ojos oscuros de la niña».

El estómago de Marina no aguantó más. Dejó caer la carta en la mesa y se dirigió todo lo rápido que pudo al baño. Vomitó la cena. Una vez recuperada, regresó y terminó de leer la carta.

«Yo estoy acabado, pero Roser no tiene ninguna culpa. Tú eres su única opción. No la abandones. Sálvala».

No podía creerlo.

—¡Maldito imbécil! ¿Por qué has puesto en peligro a Roser? —gritó en voz alta.

Hizo un esfuerzo por ordenar sus ideas, pero en su cabeza solo giraban a gran velocidad tres pensamientos: «Francesc muerto», «ir a Cataluña», «salvar a Roser».

Releyó la carta. Intentó pensar en lo que debía hacer, pero estaba mareada. Se tomó un café y, mientras se duchaba, otro pensamiento ocupó su mente: «Roser y yo juntas». Llevaba 10 años repitiéndose una y otra vez que era imposible, que no existía ninguna esperanza de volverla a ver. Se había consolado pensando que en Cataluña su hija tendría todo lo que pudiera necesitar en la vida. Ahora renacía la posibilidad de verla, pero por otra parte, le aterraba la situación en la que Francesc la había dejado. No podía entenderlo, él lo tenía todo y había puesto en peligro la vida de su hija. «¿Por qué? ¿No podía simplemente haber hecho algo contra Andreu?», pensaba. «Ese malnacido no tuvo suficiente con destrozar mi vida, ahora también destroza la de su hija. ¡Y dice que yo no la abandone! ¡Yo no puedo hacer nada! ¡Nada! ¡Nada!». Se desesperaba y su cabeza estaba a punto de estallar.

—¡Malditos Francesc y Andreu, malditos un millón de veces! —dijo en voz alta.

Andreu siempre le causó desconfianza y miedo. Era el mejor amigo de su marido, como un hermano. Muchas veces habían coincidido a solas y le había hecho proposiciones a las que ella había respondido como si fueran bromas, pero no lo eran. No se atrevió a decirlo. Cuando hablaban sobre algún comportamiento o comentario de Andreu, Francesc siempre decía: «Ya sabes cómo es, tiene esos prontos, pero es un pedazo de pan; además, si fuera necesario, daría su vida por mí. Y yo por él». Y ahí terminaba cualquier crítica que se le pudiera hacer. Estaba convencida de su intervención en la decisión de su marido de separarse y expulsarla de Cataluña.

Pero ya daba igual. Todo eso era pasado y revisarlo una y otra vez no la ayudaría a salvar a Roser. La frase «contacta con alguien de la resistencia» resaltó en la carta, pero no sabía cómo contactar, ni se había imaginado que existiera tal resistencia. Es más, ni siquiera había pensado que su país pudiera ser una dictadura. Desde que llegó a Madrid, nunca se había metido en problemas y nunca había tenido problemas, más allá de lo que consideraba las lógicas limitaciones de un país en guerra con unos vecinos violentos. Para ella, la Federación Ibérica era un país que defendía la libertad frente a otros países gobernados por tiranos.

Su única preocupación fue sobrevivir, no destacar, no llamar la atención. Jamás se preocupó de la política o de lo que hacía el gobierno. Nunca cuestionó las medidas que tomaban ni oyó nunca a nadie de su entorno criticarlas abiertamente. Aceptaba las restricciones que se ponían a los ciudadanos como normales, en tiempo de guerra, para salvaguardar su libertad frente a los enemigos que pretendían quitársela. Ni siquiera conocía a alguien que claramente tuviera ideas críticas en contra del sistema. ¿Cómo podría contactar con lo que Francesc llamaba la resistencia? Ella no era una luchadora, era una superviviente.

Estaba agotada, no podía continuar. Finalmente, se durmió en el sofá, convencida de que sería incapaz de intentarlo. «No, no podré», fue su último pensamiento.

CAPÍTULO 6

ESTUDIANTE

12 DE SEPTIEMBRE. SÁBADO, 09:30.

No pudo dormir bien. Se despertó confundida, no sabía dónde se encontraba. Sueños y realidad se mezclaban en su mente, no le resultaba fácil distinguirlos. Buscó la carta de Francesc y, sí, allí estaba; eso no había sido un sueño.

Conectó el ordenador al móvil para navegar por Internet y fue directamente a la página del periódico de Baviera que visitó la noche anterior. Buscaba nueva información sobre la muerte de Francesc.

Encontró la noticia del homenaje en la Sagrada Familia. Su atención se centró en dos de las fotografías que acompañaban la noticia. En una de ellas aparecía Roser, colocando un ramo de rosas sobre el féretro de su padre y, en la otra, de la mano de Andreu, saludando a la entrada del templo. Amplió al máximo la primera imagen para verla lo mejor posible. Se distinguía con claridad la cara de Roser, muy diferente a la imagen congelada que tenía en su mente de la niña de cinco años que había sido. Era muy guapa, tenía los ojos de su padre. Permaneció unos minutos abstraída mirando la fotografía y tocando su cara en la pantalla. Luego, al observar la segunda foto, no pudo dejar de sentir un escalofrió. Le producía terror ver a su hija cogida de la mano de Andreu.

A continuación, leyó el texto de la noticia, que comentaba el discurso de Andreu y los gritos de la multitud exigiendo venganza por el asesinato. Ninguna insinuación sobre otra posible causa de la muerte ni ningún comentario acerca de su hija. Siguió buscando en otros periódicos, pero no encontró ninguna información adicional.

Luego decidió buscar algún dato sobre la resistencia, alguna noticia o comentario que le diera alguna pista para confirmar su existencia. Escribió en la barra de búsqueda del navegador: «resistencia oposición al gobierno Federación Ibérica». Pero, antes de pulsar la tecla «Intro» para iniciar la búsqueda, se acordó de las palabras de Francesc sobre el control de todo lo que hacían los ciudadanos, incluido su uso de Internet. No estaba convencida de la certeza de la información de su exmarido, pero no quería correr riesgos. Borró la línea de búsqueda y se desconectó de Internet.

Marina estaba convencida de que prácticamente la totalidad de la población apoyaba al gobierno actual. El presidente Orellana era muy popular, jamás oyó a alguien hablar mal de él. No existía oposición, pues no existían partidos políticos. No habían sido abolidos. Realmente, todos los partidos importantes se integraron en la UDPI, Unión de Defensa de los Pueblos Ibéricos. Primero crearon una alianza electoral y luego todos los partidos se unieron. Fue una decisión patriótica de unidad frente a los enemigos que intentaban destruir la Federación Ibérica. Podía entender que en otros lugares existiera una oposición a gobiernos dictatoriales, incluso algunas veces la prensa publicaba información sobre protestas multitudinarias en otros países contra sus gobernantes, pero no en su país.

Por otra parte, se preguntaba qué razón tendría Francesc para engañarla. No tenía sentido que le pidiera ayuda y le diera información falsa. En cualquier caso, si existía una mínima opción de salvar a su hija, no podía desperdiciarla. Debía comprobar la información de Francesc. Pero confirmar la existencia de una oposición organizada le parecía una tarea imposible para ella y, más aún, contactar con alguien de esa supuesta organización.

De pronto, una idea le vino a la mente: la universidad. Si existían personas con ideas críticas, las encontraría allí. En sus tiempos, se organizaban frecuentemente actos de protesta por unas causas u otras. Sería un buen lugar para relacionarse con grupos críticos con el régimen. Se animó. Su humor mejoró, la idea de la universidad le parecía atinada. Con un poco de suerte, podría contactar con alguien o, al menos, comprobar que la resistencia existía, como aseguraba Francesc.

Decidió ir esa misma mañana a su antigua escuela; hacía años que no la visitaba. Estudió allí tres años antes de continuar su formación en Alemania. Le pareció un magnífico punto de partida. Tradicionalmente, los alumnos de Bellas Artes habían sido de los más reivindicativos.

Cuando estaba a punto de salir de casa, sonó el teléfono. Era Sara que, como siempre, fue directamente al grano:

—¿Qué tal? ¿Tienes resaca? Yo una horrible. Aquel vino debía ser artificial y ¡tóxico!

—Ahora me encuentro mejor, pero también me sentía bastante mal esta mañana —respondió Marina.

—Estamos en baja forma, debemos practicar más —dijo Sara, riéndose—. ¿Cuándo quedamos para la próxima? —añadió.

Marina pensó que su amiga podría ser una ayuda muy valiosa. Tenía muchos contactos. No la veía en el papel de conspiradora, pero conocía a personas de todo tipo. Seguramente, entre ellos hubiera gente crítica con el régimen. Además, conocía su vida, de dónde venía, su historia. No sería necesario darle muchas explicaciones. Finalmente, contestó:

—¿Podemos quedar hoy? Me gustaría hablar contigo.

—Por supuesto, cuando tú quieras. ¡Pero nada de vino hoy! —dijo Sara, que seguía riendo.

—¿Te parece bien a las dos y media en la plaza Mayor? Podemos comer unos bocadillos por allí.

—Perfecto. A las dos y media debajo del caballo. Nos vemos —Sara colgó el teléfono.

Marina se dirigió al metro. Disponía de mucho tiempo, de modo que pasaría por la ciudad universitaria antes de la cita con Sara. Siguió evaluando la posibilidad de pedir ayuda a su amiga. Finalmente, decidió solo implicarla si no existía otra opción; el riesgo era grande y no le parecía justo ponerla en peligro.

Era sábado y, aunque las facultades estaban abiertas, en la Ciudad Universitaria no había muchos estudiantes. Se encaminó hacia su antigua facultad, pero un muro impedía el paso. Por los carteles dedujo que era un perímetro de seguridad para la protección del Palacio de la Moncloa, donde residía el presidente Orellana. El palacio presidencial estaba situado junto a la Ciudad Universitaria y se había creado una zona de seguridad alrededor. Para ello, se cerraron varias facultades cercanas al palacio.

Dio la vuelta con la intención de visitar otras facultades. Por diversos lugares podían verse carteles y pancartas elaborados por los estudiantes. Aparentemente igual que en sus tiempos de universitaria, pero con una diferencia importante: ahora todos eran de apoyo al gobierno. Entró en la Facultad de Derecho. En los tablones de anuncios vio convocatorias de conferencias y actos de apoyo a las fuerzas gubernamentales defensoras de la libertad contra los opresores. Ni la más leve crítica contra el gobierno o el régimen. Todo lo contrario, un apoyo incondicional.

Al salir, oyó música y se dirigió hacia el lugar del que provenía. En el centro de una plaza cercana se levantaba un escenario, encima del cual se podía ver un gran cartel con la frase: «Por La Libertad». Una banda tocaba una canción, coreada por un grupo de jóvenes alrededor del escenario. Terminó la canción y un joven con coleta tomó el micrófono y se dirigió a los presentes:

—¡Compañeros! Compañeros, silencio, por favor —dijo, mientras con la mano hacía gestos de calma.

Cuando se hizo silencio, continuó hablando:

—Es obligación de los jóvenes luchar por nuestro futuro, por nuestra libertad. Quien intente arrebatárnosla siempre nos tendrá enfrente. ¡Siempre lucharemos por nuestro pueblo, contra los enemigos, contra los que nos quieren destruir! Hoy nos hemos concentrado aquí para apoyar a los compañeros que nos defienden luchando en el frente. Somos un pueblo pacífico, pero no permitiremos que limiten nuestra libertad. También queremos decirle al presidente Luis Orellana: ¡Presidente, siempre nos tendrás a tu disposición! ¡Todos unidos por la libertad! —la banda comenzó a tocar otra canción, coreada por los jóvenes, que continuaban llegando en gran número.

Marina estaba cada vez más convencida de que el apoyo al gobierno era prácticamente unánime. No parecía existir una oposición y menos una resistencia; si en el entorno universitario no la había, mucho menos la habría en otros. Francesc debía de estar equivocado. Puede que en Cataluña existiera una fuerte resistencia al gobierno, pero, en la Federación Ibérica, todo indicaba que los ciudadanos lo apoyaban sin reserva.

Se sentía descorazonada por no poder encontrar una forma de ayudar a Roser. Sin embargo, aunque no era plenamente consciente de ello, sintió cierto alivio, pues le daba pánico entrar en un mundo totalmente desconocido. En lo hondo de su ser estaba convencida de que no sería capaz de hacerlo.

Tomó la decisión de contárselo a Sara. A ella siempre se le ocurriría alguna solución, nada la detenía; además, necesitaba imperiosamente hablar de la carta con alguien y Sara era su única opción en ese momento.

Antes de marcharse de la universidad, llamó su atención una rosa blanca pintada con espray en una pared. No había nada más, ni nada escrito. Solo la rosa blanca.

Llegó quince minutos tarde a su cita. Sara esperaba impaciente. En cuanto la vio, se abalanzó sobre ella y le dijo:

—¡Por fin aparece la marquesa! Pero bueno, te perdono y, para demostrarte que no te guardo rencor, te invito a comer unos sándwiches. He preparado para las dos. ¡Estoy hambrienta! —la cogió del brazo y añadió—: Nos sentaremos a comerlos por la Plaza de Oriente. Hace un día estupendo.

Se sentaron en un banco en el parque cercano al Palacio Real. El ambiente estaba muy animado. A su alrededor almorzaban numerosos grupos de todas las edades. Reunirse a comer con amigos en parques los fines de semana se había convertido en una actividad muy popular, debido a las limitaciones económicas.

Cuando terminaron, Marina preguntó, señalando unos carteles publicitarios del gobierno:

—¿Crees que habrá algún grupo que no esté de acuerdo con la forma de actuar del gobierno?

—¿A qué te refieres? —preguntó a su vez Sara.

—En todos los sitios aparecen alabanzas a cómo hace el gobierno las cosas. No hay ninguna opinión diferente, pero supongo que existirán personas con otros puntos de vista.

—Bueno, estamos en guerra y la información debe estar de alguna forma controlada —dijo Sara.

—¿Crees que nuestro gobierno es una dictadura, igual que el catalán?

—¡Buff! ¡Vaya pregunta para después de comer! No sé. Como ya te he dicho, estamos en una situación de guerra y algunas actividades están restringidas, pero en teoría luchamos por la libertad, nos lo dicen todos los días. ¡Somos los buenos! Y si luchamos por la libertad frente a los que quieren destruirla, no seremos una dictadura, ¿no? —dijo Sara con tono irónico.

—¿No te parece extraño que no haya ni una voz crítica, algún tipo de matización a lo que diga el gobierno, alguna opinión, aunque sea, ligeramente diferente? Cierta oposición... —insistió Marina.

—Puede que la haya, pero no sale en la televisión.

—¿Conoces a alguien que sea crítico con la situación actual, que tenga opiniones diferentes a las oficiales? —preguntó Marina.

—Yo conozco a muchos tipos de personas. Pero no sabía que te preocuparan tanto estos temas. ¿De esto es de lo que querías hablar? Pensaba que era sobre tu hija.

—A lo mejor está relacionado. Pero sí, era de Roser. No puedo quitármela de la cabeza y ahora necesito hablar con alguien de ello para no volverme loca.

—Pues ya sabes que aquí tienes a «alguien» para hablar o para cualquier cosa que puedas necesitar.

—He encontrado nueva información en los periódicos de esta mañana. Ayer hubo un homenaje en la Sagrada Familia. He visto unas fotografías de Roser, la he visto tan desvalida que no puedo dejar de pensar si no podría hacer algo para ayudarla de alguna forma.

—¿Cómo qué? —preguntó Sara.

—No lo sé. Ese es el problema. Me destroza no encontrar ninguna forma de poder ayudar a mi hija. Si la pudiera traer aquí conmigo... ¿Crees que podría haber alguien dispuesto a ayudarme?

—Puede ser. Pero ¿por qué quieres traerla? Ella allí estará bien, seguramente mejor de lo que pudiera estar aquí —dijo Sara.

—¿Y si está en peligro? Allí yo no podré hacer nada para protegerla.

—¿Peligro? Es la hija de uno de los líderes del país y, aunque se haya suicidado…

A Marina le dio un vuelco el corazón: «… suicidado», no podía ser un error casual de Sara. Todas las alarmas se encendieron en su interior, pero logró controlarse y se sorprendió a sí misma contestando con calma:

—¿Suicidado? Querrás decir asesinado.

Sara se sintió confundida por un instante, y luego continuó:

—¿Eh? Claro, claro... Eso quería decir. Aunque lo hayan asesinado, a ella la seguirán tratando como a la hija de un dirigente, tendrá todo lo que quiera.

Desde ese momento, empezó a ver a Sara de una manera diferente. Estaba asustada y confundida, pero consiguió seguir hablando con serenidad. Aunque ya no contó nada de la carta a su amiga.

Deseaba marcharse para estar sola y poder pensar, pero no quería que Sara se diera cuenta. Estuvieron durante un tiempo paseando y charlando. Sara propuso ir al cine, pero ella lo rechazó:

—¡Me dormiría! He estado toda la noche pensando en Roser y, junto con los efectos de nuestra cena de ayer, el resultado es que apenas he dormido. Lo que necesito ahora es descansar. Hablar contigo me ha ayudado a ver la situación un poco mejor. Estaba obsesionada con que Roser estaba en peligro. Hoy descansaré mejor, seguro.

Sara le hizo prometer que la llamaría si necesitaba cualquier cosa, aunque solo fuera charlar y, finalmente, para alivio de Marina, se despidieron.

Camino de su casa, Marina tenía la sensación de estar siendo observada. En el metro, vigiló con disimulo a todas las personas de su vagón. Se decía a sí misma que era una paranoica, pero no consiguió relajarse.

Se le había complicado aún más su situación, ahora tampoco podía fiarse de Sara. No podía ser una casualidad lo de nombrar el suicidio de Francesc. Repasó los acontecimientos de las últimas horas. Sara había escuchado la noticia de la muerte de Francesc y la había avisado. Por lo que sabía de ella, no solía estar muy pendiente de las noticias. ¿Otra casualidad? Luego había insistido en quedar con ella para hablar de

Francesc y su muerte. Si sabía lo del suicidio, ¿quién podría ser? ¿De la policía? ¿La tenían vigilada por ser la exmujer de un ministro catalán? Aunque siempre volvía a lo que parecía la explicación más razonable: realmente estaba paranoica y veía una conspiración en una simple casualidad.

Todo le parecía una locura. En los últimos diez años había sido una persona gris, totalmente anónima y con una vida que se podría calificar, como mínimo, de aburrida. Pero desde hacía menos de 24 horas su vida parecía una montaña rusa en la que los acontecimientos pasaban a toda velocidad, complicándose más y más, sin poder hacer nada para frenarlos.

No tenía familia. Era hija única y sus padres habían muerto. Perdió el contacto con los amigos de su juventud cuando se marchó a Cataluña. Sara era la única persona con la que tenía cierta confianza. Se conocían desde que regresó a la Federación Ibérica. Se veían regularmente, aunque no con mucha frecuencia, y nunca observó un comportamiento, ni por asomo, extraño. Ahora se sentía completamente sola.

Cuando entró en su casa, cerró inmediatamente la puerta con cerrojo y, por primera vez en muchos años, no encendió el televisor. Leyó nuevamente la carta y se preparó para acostarse. Necesitaba descansar. Se encerró en su habitación y bloqueó la puerta, pero cada sonido que oía la sobresaltaba.

CAPÍTULO 7

SOLA

13 DE SEPTIEMBRE. DOMINGO, 09:00

Tampoco pudo dormir bien esa noche. La pasó dando vueltas a sus pensamientos, analizando todas las opciones, pero sin llegar a ninguna conclusión.

Lo primero que hizo en la mañana fue conectarse nuevamente a Internet: quería buscar alguna información adicional en los periódicos. No encontró nada nuevo; la noticia había perdido interés. Aun así, revisó todas las informaciones en castellano, alemán e inglés que pudo encontrar. La gran mayoría ya las había ojeado el día anterior, pero quería asegurarse de que no aparecía ninguna referencia al suicidio. Dependiendo del país, las noticias hablaban de ajuste de cuentas entre las facciones en el gobierno o atentado terrorista; ninguna de suicidio, ni siquiera como una posibilidad.

Al recordar a Sara, sintió un nudo en el estómago. Seguía dando vueltas a su actitud. En algunos momentos se decía que todo había sido una casualidad, Sara no podía ser una policía vigilándola durante años, era imposible. Deseaba y necesitaba poder contar con la ayuda de su amiga, no se veía con fuerzas para continuar sola. Pero en otros momentos, no tenía dudas de que la vigilaba: ella la avisó de la muerte de Francesc, estuvo a su lado, insistiendo en preguntar por él y, además, sabía que Francesc se suicidó. Todo parecía cuadrar.

Intentó dejar de pensar en Sara y centrarse en su problema principal: contactar con alguien de la resistencia para salvar a su hija. Pero tampoco consiguió avanzar. Pasó gran parte del día bloqueada, dando vueltas sobre el mismo punto. Siempre llegaba a la conclusión de que ella no podía hacer nada; era imposible.

Pensaba que el maldito Francesc había enviado la carta para hacerla sufrir aún más. Era absurdo pretender que ella pudiera contactar con alguien de una organización clandestina enfrentada a los gobiernos. Bastante había hecho con conservar la vida después de la situación en que quedó cuando la echaron de Cataluña. Sin nada, abandonada a su suerte en un país que no sabía cómo la trataría. Sobrevivir y no meterse en problemas, no podía ni sabía hacer otra cosa. Pero la imagen de su hija, cogida de la mano por Andreu, golpeaba su mente y no la dejaba renunciar.

No se movió del sillón del salón en todo el día. Al atardecer, agotada, se quedó dormida. Se despertó súbitamente en la habitación a oscuras. Entonces, todas las ideas se desenmarañaron y su mente se clarificó. No podía ignorar el peligro que corrían su hija y ella misma, ya no era posible seguir con su vida como hasta ahora. Tampoco podía huir, no había dónde. Imposible esconderse. Le daba pánico, pero la única opción era actuar, aunque fuera de forma desesperada.

Se duchó, se puso ropa cómoda y unas zapatillas deportivas. Salió a la calle a andar. Vivía en la zona este de Madrid. Era de noche, pero la temperatura era agradable a mediados de septiembre en la capital. Los parques estaban llenos de escolares disfrutando del último día de vacaciones.

Caminaba deprisa, eso le ayudaba a pensar. Si lo de Sara fue una casualidad y no la vigilaban, aún tenía cierto margen de actuación hasta levantar sospechas. Si, por el contrario, la vigilaban, eso demostraba la veracidad de los comentarios de Francesc acerca del control sobre las personas y, por tanto, también convertía en plausible su afirmación sobre la resistencia. En cualquier caso, no tenía otra opción, algo debía hacer. Aceleró el paso. Se mostraría, en público, crítica con el sistema. No tenía nada que perder, pues ya estaba perdida. Aceleró aún más el paso y empezó a correr. Decidió comenzar al día siguiente, en la oficina. No disponía de mucho tiempo. Alguien la ayudaría.

Siguió corriendo hasta llegar a su casa tan rápido como le permitían sus fuerzas. Tuvo que esperar unos minutos en el portal hasta recuperar la respiración. Esa noche durmió mejor.

CAPÍTULO 8

PRESIDENT

13 DE SEPTIEMBRE. DOMINGO, 21:00

Andreu entró en el despacho del presidente catalán, el cual le esperaba sentado en su sillón tras la mesa.

—¿Qué tal, Andreu? ¿Sabemos algo más? —preguntó el presidente.

—No, nada nuevo por el momento, pero pronto tendremos algo. Seguimos investigando todas las posibilidades.

—Por más vueltas que le doy, no le encuentro sentido. Él ayudó a construir este régimen. Francesc y tú habéis sido los pilares sobre los que se ha asentado y crecido nuestro sistema. Ha trabajado y se ha sacrificado mucho. Ahora que lo había conseguido todo, que era el momento de disfrutar de cualquier cosa que pudiera desear... Todo, tenía absolutamente todo —repetía el presidente, mientras hacía gestos de negación con la cabeza—. Vosotros dos erais el futuro. Un futuro muy cercano. Te habría venido muy bien alguien como él para ayudarte. Ahora lo tendrás un poco más difícil.

El presidente se levantó y se quedó mirando por la ventana. Luego se giró hacia Andreu y preguntó:

—¿Y la nota que dejó?

—Nada, un montaje para despistarnos. No puedo creer que estuviera superado por la presión. Le conocía mejor que a mí mismo y sé que la presión no le afectaba —respondió Andreu.

—Bueno, al final tampoco le conocíamos tan bien. Si se confirman tus sospechas, nos engañó a todos hasta un límite increíble y, principalmente, a ti y a mí —dijo el presidente.

—Sí, tienes razón. Nos mintió hasta el último momento... Incluso cuando algunas alarmas habían saltado —asintió Andreu.

—¿Qué estáis haciendo?

—Se están revisando todas sus comunicaciones, los informes y estudios que había encargado últimamente. Lo primero es determinar si actuaba solo o hay más implicados y conocer exactamente la información que recopiló. Estamos investigando y comprobando sus movimientos y los de todos sus colaboradores y conocidos. Todo el personal de servicio está siendo interrogado, digamos..., a conciencia —dijo Andreu.

—No tengas el más mínimo reparo. Haz lo que sea necesario; no lo dudes ni un segundo. No podemos dejar el menor resquicio. El cáncer hay que extirparlo inmediatamente. Que nadie crea que tenemos ni la más mínima duda. Considera sospechoso a cualquiera, incluidos los otros miembros del gobierno. Aparte de nosotros dos, no te fíes de nadie. La última persona de la que habría sospechado era Francesc y mira lo que ha pasado. ¡Maldita sea, no lo puedo entender! —dijo visiblemente irritado el presidente, mientras se sentaba en su mesa. Cuando se calmó, preguntó—: ¿Y la niña?

—He charlado con ella. En el último mes, Francesc le habló mucho acerca de su madre, le ha contado muchas cosas sobre ella, siempre de forma positiva. Anécdotas de cuando era pequeña y estaban juntas, lo mucho que la quería..., cosas así. La estaba preparando para algo, me consta que antes ni la nombraba. Solía decir que era mejor que no supiera nada de la madre, ni bueno ni malo, que, simplemente, la olvidara.

—¿Puede estar implicada de alguna forma Marina? —preguntó el presidente.

—No, imposible. Está en Madrid y no han tenido ningún contacto con ella —dijo rotundamente Andreu.

—Pero entonces, ¿por qué hablarle de su madre? ¿Para qué la preparaba?

—Yo apostaría que pretendía sacarla de Cataluña y enviarla con su madre —contestó Andreu.

—Para eso necesitaría colaboradores que lo ayudaran…

—Probablemente. Y, si es así, nosotros los encontraremos.

—¿Dónde está ahora la niña?

—En mi casa. Se quedará con nosotros un tiempo. Luego, ya veremos... —contestó Andreu.

El presidente cogió un periódico que tenía sobre la mesa y, señalando la portada, dijo sonriendo:

—Impresionante la exhibición de ayer y, sobre todo, tu actuación. Lo bordaste. El mundo del espectáculo habría ganado una gran estrella si te hubieras dedicado al teatro.

—¡Hay que hacer feliz al pueblo y darle lo que quiere! Somos sus servidores —dijo Andreu, riendo abiertamente—. Quedará como un héroe del pueblo que ha dado su vida defendiéndolo de los bárbaros enemigos. Aún le podemos sacar más partido a la situación. ¿Te imaginas que los terroristas españoles mataran también a su hija? Saldrían todos a las calles clamando venganza, muertos de miedo porque las bestias españolas no solo los matan a ellos, sino que a sus hijos también. Y nosotros al frente, diciéndoles que defenderemos a sus hijos cueste lo que cueste, a costa del sacrificio que sea necesario. ¡A los hijos de los pueblos catalanes ni tocarlos! Puede ser glorioso, estamos trabajando en ello.

—También internamente puede ser una buena oportunidad para hacer limpieza, para eliminar a los que no estén al cien por cien con nosotros. Cuando el camino esté despejado, podremos oficializar tu nombramiento como mi sucesor. Cada vez estoy más cansado y con menos fuerza —dijo el presidente.

—Vamos presidente, no te hagas el mártir, que no va contigo —dijo Andreu sonriendo.

—No, en serio. Debemos preparar mi relevo. Aprovechemos esta circunstancia para sanear internamente, presentarte como el gran salvador ante el pueblo y tener un poco más de control, para que quede claro que no tenemos ninguna debilidad. Puede ser una gran oportunidad para preparar un relevo sin sobresaltos. Pero primero es fundamental esclarecer lo de Francesc y limpiarlo bien. No podemos dejar ningún cabo suelto.

—No te preocupes, lo aclararemos —dijo Andreu.

—¿Te quedas a cenar? Marta está muy afectada por la muerte de Francesc y está deseando verte.

—Lo siento, me es imposible. Tengo una reunión en el Ministerio para revisar las últimas novedades —contestó Andreu—. Dale un beso de mi parte, la próxima semana, sin ninguna excusa, vengo a comer un día con vosotros.

CAPÍTULO 9

RAMÓN

14 DE SEPTIEMBRE. LUNES, 09:00

Marina trabajaba en una de las empresas de distribución más importantes, de las pocas que tenía relaciones con otros países, pues esos días el comercio internacional era mínimo. Consiguió el trabajo por su dominio de idiomas, principalmente el alemán. Pertenecía al departamento de seguimientos. Se encargaba de pedidos de países de la zona de la antigua Alemania con los que la Federación Ibérica tenía relaciones comerciales. Nunca se imaginó haciendo un trabajo de ese tipo. El sueldo era bajo y sin posibilidades de promoción, pero le permitía sobrevivir.

El viernes, día 18, empezaría su periodo de dos semanas de vacaciones y era imposible cambiarlo. Debido a la guerra y al peligro de atentados, era obligatorio tener permiso para estar en cualquier lugar que no fuera la residencia habitual. Le concedieron autorización para viajar a su pueblo de origen del día 19 al 29; era obligatorio estar allí en esas fechas, si no, saltarían las alarmas en cualquier punto de control por el que pasara. Su posición estaba monitorizada por el SiSPer de su móvil, por lo que en todo momento conocían su localización. Si estaba en un lugar diferente a aquel para el que tenía autorización en una fecha concreta, inmediatamente sería detenida. Cualquier modificación de la localización se debía solicitar con diez días, como mínimo, de antelación.

Aparte de su relación con Sara, su vida social estaba muy limitada, prácticamente restringida a las relaciones en su entorno laboral. Algún compañero de trabajo parecía la única opción que le quedaba para contactar con alguien crítico con el régimen, y solo quedaban cuatro días para empezar las vacaciones.

Siempre había evitado tener con sus compañeros cualquier tipo de conversación política mínimamente comprometida. «No te metas en líos», solía decirse a sí misma cuando pensaba que algo no estaba bien. Luego, se fue convenciendo de que todo lo que hacía el gobierno era lo mejor para defender a los ciudadanos. Pensar así la hacía sentirse más cómoda consigo misma. Finalmente, se convirtió en una asidua a las frecuentes manifestaciones de apoyo al gobierno y por la libertad. Casi todo el mundo iba a esas manifestaciones, sentirte integrada con los demás era una sensación muy placentera; además, no era necesario preocuparse o pensar. Dejándose llevar era como más se disfrutaba.

Cantar y gritar junto con miles de personas, llevar banderas, pintarse la cara y ponerse camisetas con los colores de la Federación era divertido; pero no era una fanática seguidora del régimen. Entendía que la gran mayoría tampoco lo eran, simplemente hacían lo que los otros. Posiblemente, incluso los críticos actuarían igual, por miedo a destacar. La conclusión es que no sabría decir si en su entorno había alguien que pudiera ayudarla. Forzar la situación era la única forma de descubrirlo, por peligroso que fuera.

Llegó a su lugar de trabajo decidida a criticar cualquier asunto que pudiera surgir relacionado con el gobierno, la forma de vida o los problemas del país. Observaría la reacción de sus compañeros e improvisaría, en función de las reacciones. El riesgo era muy alto, pero no tenía muchas opciones. En cualquier caso, quizás estuviera ya en peligro y encontrar un aliado sería su salvación.

Los lunes, la jornada laboral comenzaba con una reunión del departamento de seguimientos. Marina mantenía muy buena relación con su jefa de departamento, Concha Díaz. Era su jefa desde los primeros días en la empresa y se habían ayudado mutuamente desde el inicio. Tenía doce compañeros más en el departamento, aunque Rafael González estaba de vacaciones y Beatriz Llanes acababa de tener un niño y tampoco estaba.

La reunión se realizaba a primera hora en la sala donde trabajaban. Se unían a medida que llegaban y, hasta el momento de empezar, solían charlar del fin de semana u otros temas intrascendentes. Ese día Marina llegó a la vez que Carlos, el compañero con el que tenía más confianza. Sara lo conocía, lo llamaba «el soltero de oro» y bromeaba diciendo a Marina que ese sería su siguiente marido y le haría olvidar a Francesc.

Cuando entraron, Ramón, un hombre muy hablador, cercano a la jubilación, estaba contando algo:

—... y dejó tirado al niño sin ni siquiera mirar si estaba herido.

—¿Estáis hablando del «Alimañas» de ayer? —preguntó Carlos—. La verdad, fue alucinante, qué bestias...

—¿Qué pasó? Ayer no pude verlo —dijo Marina.

—¡Cosas de catalanes! ¡Qué degenerados! —dijo Ramón, y añadió —: El calvo, ayer no pudo resistirse más y fue a robarle la comida a la del bebé. Encontró una barra de hierro y fue directamente a la pocilga donde vive la otra, pero no estaba. Estuvo revolviendo para encontrar comida, pero la bruja no se separa de ella, la lleva siempre encima. Total, cada vez más desesperado, se queda esperándola. Según entra, le suelta un hostión en la cabeza con la barra, sin decirle ni media palabra. El niño sale disparado de los brazos, como en una película de dibujos animados, se empotra contra el suelo unos metros más allá y empieza a berrear. La madre cae al suelo sin sentido, el calvo empieza a registrarle para encontrar la comida. La tenía en una bolsa atada al cuerpo debajo de la ropa. Cuando coge la comida, la otra se despierta, le coge del pelo e intenta sacarle los ojos. Y ni corto ni perezoso, el tío coge la barra otra vez y... ¡Pam! ¡Pam! Le abre la cabeza. Entonces, empieza a comer de una forma compulsiva, y no se da cuenta de que llega el de los tatuajes, atraído por los aullidos del niño de mierda. Coge la barra que estaba en el suelo. Y ¡Pam!, el calvo también con la cabeza machacada, tumbado en el suelo. El tatuajes coge la bolsa de la comida y se va por piernas. Y se quedan allí tirados la tía y el calvo, sangrando como cerdos, los dos con la cabeza abierta y el niño chillando a todo meter. Y claro, no apareció ni dios a ayudarlos, allí los dejaron morirse a los tres. ¡Encantadores!

Ya habían llegado casi todos, incluida la jefa Concha. Reían con los gestos exagerados de Ramón y comentaban que esas bestias no tenían ni un gramo de humanidad, que eran peores que animales salvajes. Marina habitualmente habría hecho los mismos comentarios que el resto, pero de pronto dijo en voz muy alta, para que pudieran oírla todos los presentes:

—Están en una situación desesperada. En circunstancias similares, nosotros actuaríamos de la misma forma.

Casi todo el mundo se la quedó mirando fijamente sin saber qué decir. Era un comentario que nadie esperaba oír ni estaba preparado para responder. Inés Gallastegui, encargada de la zona norte, la miraba con la boca y los ojos muy abiertos, como si se hubiera quedado petrificada de la impresión producida por el comentario. Marina podría jurar que incluso veía un hilillo de baba que le caía por la comisura de los labios. El único que no la miraba fijamente era un hombre de mediana edad con aspecto huraño, que miraba a los otros como si estuviera analizando sus reacciones. A Marina no le caía bien, incluso le daba un poco de miedo. No había tenido mucha relación con él, ni sabía a ciencia cierta su nombre. Cuando se dirigían a él, todo al mundo lo llamaba Antolínez; desconocía si era un apodo, el apellido o tal vez su nombre.

Finalmente, después de unos segundos eternos, Ramón dijo:

—Pero qué dices, tía... Supongo que estarás de broma. Esas no son personas, son peor que animales. Ninguno de nosotros, ni nadie con un mínimo de humanidad podría actuar así ni de lejos. Preferiríamos morir antes. Ayer en el programa hubo un debate con sociólogos, psicólogos y... no sé cuántos «logos» más. Y todos, mira lo que te digo: ab-so-lu-ta-mente-to-dos —dijo, recalcando cada sílaba—, estaban de acuerdo en que ese comportamiento es anti-humano; para nosotros sería imposible actuar así. Y decían que a esas cosas no se las puede llamar personas. Les han comido el coco para quitarles cualquier rastro de humanidad y hacer que obedezcan como máquinas a sus dirigentes. Así que, ya me dirás.

—Yo creo... —Marina tuvo que elevar el tono de voz para hacerse oír entre los murmullos de aprobación a las palabras de Ramón—. Yo creo que son personas como nosotros, que se...

—¡No me jodas! ¡Sabrás tú más que todos los psicólogos y los otros expertos! ¡Venga ya, tía!—la interrumpió Ramón, con la aprobación de la mayoría de los presentes —. ¿Sabes lo que creo? Que tú eres...

—¡Basta! —cortó Concha—. Vale ya de tonterías y charlas, tenemos mucha faena. Vamos a trabajar. Empecemos con la revisión de las actividades. Primero tú, Carlos. ¿Qué asuntos tienes pendientes de la semana pasada?

Y la reunión prosiguió de la forma habitual sin más incidentes, aunque Marina recibió miradas de hostilidad por parte de Inés y, principalmente, de Ramón. Pensó que mal enemigo se había buscado, pues era una persona muy popular entre todos los compañeros.

A Marina aún le temblaban las piernas cuando terminaron. Esperó para ser la última en levantarse e ir a su sitio. Jamás se le ocurrió que hubiera sido capaz de decir eso y jamás había oído decir algo similar. Algo tan simple como una opinión diferente había sido como una revolución. No podía acusar a Ramón o a los otros de la reacción. Es más, si la semana pasada alguien hubiera dicho algo similar, ella habría sido de las primeras en atacarlo.

Se tranquilizó y se puso a trabajar, intentando aparentar normalidad, aunque no podía dejar de pensar en la reunión de la mañana. Intentaba recordar la reacción de cada uno para sacar alguna conclusión sobre sus compañeros. Aparte de Ramón e Inés, que tenían una reacción muy definida contra sus comentarios, con los demás no era tan obvio, pues actuaban como la mayoría y eso no implicaba nada, simplemente pudiera ser que no quisieran significarse en un sentido u otro.

Entre las once y las once y media, solían hacer un descanso y tomar un café. Tenían una cafetera doméstica y, cada vez que tomaban café, ponían dos pesetas en una caja y con el dinero recaudado compraban el café y la leche. La cafetera estaba situada en el almacén de materiales, un cuarto en una esquina de la sala donde trabajaban. No era muy grande, pero en los descansos se podían juntar 4 o 5 personas y aprovechaban para charlar. A partir de las once, vigiló para encontrar el momento en que el cuarto estuviera lleno, pero sin Ramón ni Inés, a los que daba por descartados.

Cerca de las once y media encontró el momento propicio, cogió su taza y fue a la sala de la cafetera. Cuando entró, Carlos estaba enseñando su nuevo teléfono móvil.

—... no es rápido, es lo siguiente. Mi anterior teléfono ya era de los más rápidos, pero en las pruebas de las revistas sale que es ¡5,7 veces más rápido! Tiene 4 procesadores de 8 núcleos cada uno. Cada procesador se dedica a una tarea diferente y se consigue multiplicar el rendimiento por...

Mientras se ponía un café, Carlos continuó enumerando y alabando las características de su teléfono, ante las caras de asombro de sus compañeros:

—... y está preparado para las nuevas versiones del SiSPer. Dicen que algunas funciones de las nuevas versiones solo funcionarán en móviles de este tipo, con lo que tengo asegurado la compatibilidad durante mucho tiempo...

Marina se armó de valor y lo interrumpió.

—¿No os da un poco de miedo lo controlados que estamos a través del móvil con el SisPer?

Todos se volvieron perplejos hacia ella. Pedro Sánchez, el más joven del departamento, había estado mirando el nuevo teléfono con envidia y fue el primero en hablar:

—¿Miedo? Querrás decir tranquilidad y seguridad. El móvil es imprescindible para un montón de cosas. ¿Cómo nos identificaríamos, pagaríamos, accederíamos a Internet, etcétera, etcétera... ? No podríamos ni abrir la puerta de casa, ni un millón de cosas más. Si, además, tiene un sistema que nos da seguridad, mejor que mejor. Si alguien me atraca, a los cinco minutos la policía lo detendrá pues sabrá inmediatamente quién ha sido y dónde está. ¿No es eso bueno? ¿Por qué nos va a dar miedo algo que nos facilita enormemente la vida y se usa para casi todo? ¡Si incluso se puede utilizar para hablar por teléfono! —terminó riendo de su propia broma.

—Ya, ya. Muy útil. Pero estamos absolutamente controlados: dónde estamos, con quién, qué enviamos, qué recibimos, qué compramos, cuándo entramos en un lugar, cuándo salimos, sitios a los que accedemos por Internet... y un millón de controles más.

—A mí me da igual que se sepa que ahora estoy aquí, yo no tengo nada que ocultar —replicó Pedro, y continuó exponiendo sus argumentos—. Lo importante es controlar a los terroristas y delincuentes. Con el control de los delincuentes, nos defendemos a nosotros y a nuestras familias. A los que no tenemos nada que ocultar, nos da igual. Quien se preocupa, es que algo oculta y seguro que no es nada bueno.

—Y esa ley que obliga a llevar siempre, a todo el mundo, en todo momento, un móvil con el SiSPer, ¿también te parece bien? —preguntó Marina.

—Pero ¿a qué persona se le ocurriría salir a la calle sin su móvil? Absolutamente a nadie... normal —se respondió a sí mismo Pedro. Miró a los otros para que expresaran su apoyo, y continuó—. Aunque no existiera esa ley, solo a un loco o a un delincuente se le ocurriría salir a la calle sin móvil. Ninguno de nosotros saldría a la calle sin él. ¿A qué tú tampoco lo harías? Insisto, solo un loco o un delincuente lo haría. Y sabes que es verdad. No es contra nosotros, es contra esos bárbaros. Esa ley es para nuestra protección. Es posible que a la gente mayor os cueste adaptaros a utilizar el móvil para todo, pero te puedo asegurar que a los jóvenes…

—¡Eh, eh! Que no soy tan mayor —le interrumpió sonriendo Marina—. Vosotros os creéis que los de más de 30 años ya somos unos ancianos —había decidido que era suficiente por el momento, de modo que cambió de conversación—. Vamos, Carlos, sigue enseñándonos tu impresionante móvil. Si consigo ahorrar, a lo mejor está «vieja» se compra uno igual —dijo y miró a Pedro, mientras continuaba sonriendo.

De regreso en su puesto de trabajo, estaba tensa. Ni en las conversaciones de café se solía oír la más mínima crítica, era de antipatriotas. Y eso es lo que ella sería ahora para gran parte de sus compañeros. Alguno podría denunciarla, pero debía asumir el riesgo, pues también podría encontrar a alguien que la ayudara. La clave es qué llegaría antes, la denuncia o la ayuda.

Para almorzar, solían llevar bocadillos preparados de sus casas y los comían en unas salas de descanso en la planta baja del edificio o, si la temperatura era agradable, en unas mesas en un parque cercano. Ese día la mayoría comió fuera. Marina se unió a uno de los grupos más numerosos e hizo un nuevo intento. Comenzó haciendo comentarios críticos contra la información que el gobierno daba sobre asuntos importantes, dando a entender que se daba una información sesgada y manipulada. No insistió mucho, decidió detener sus comentarios al comprobar la expresión de sus compañeros.

Por la tarde, llegó a su casa agotada física y mentalmente por la tensión de toda la jornada. Se sentía asustada y mucho más cerca de la cárcel que de contactar con alguien que la pudiera ayudar. Podía haber sido una decisión estúpida, pero no se le ocurrían alternativas.

CAPÍTULO 10

CONCHA

15 DE SEPTIEMBRE. MARTES, 09:00

Se dirigió la mañana siguiente al trabajo con el ánimo afectado. La esperanza de encontrar ayuda en sus compañeros se desvanecía. Algunos eran absolutamente defensores del régimen y de las políticas aplicadas por el gobierno; con esos tenía un riesgo muy alto de que la denunciaran; debía cuidarse de hacer ningún comentario más en su presencia. Otros no se habían mostrado tan partidarios, pero ninguno había tenido una postura mínimamente crítica o había mostrado alguna simpatía por sus comentarios. Estaba asustada, no podía repetir el comportamiento del día anterior.

En la oficina, los compañeros trataban de evitarla. Si sus miradas se cruzaban, rápidamente las desviaban. Nadie le reprochó nada, simplemente procuraban no tener demasiado contacto con ella. La información sobre su actitud se había extendido por otras partes de la empresa; también la rehuían personas de otros departamentos. Se esforzó en trabajar, aunque su mente no estaba muy centrada en ello.

A la hora del café, solo encontró a dos personas en la sala. Hablaron sobre las previsiones meteorológicas para los próximos días: seguirían las temperaturas altas por lo menos durante dos semanas más. Comentaron lo agradable de esas temperaturas en septiembre y se marcharon pronto. Nadie más fue a tomar café mientras ella estuvo en la sala de la cafetera.

Comió en el parque con un pequeño grupo en el que estaba Concha, su jefa. Casi todas las conversaciones giraron alrededor de los niños, los cuales habían comenzado las clases el día anterior. El comentario más crítico escuchado durante toda la comida fue la tradicional queja del excesivo número de días de vacaciones escolares en verano.

En el camino de vuelta, su jefa le dijo que tenían que revisar un asunto urgente, por lo que se dirigieron directamente al despacho de Concha. Le pidió que se sentara, cerró la puerta y empezó a hablar:

—Realmente, no quiero hablarte de un tema de trabajo —dijo sin mirarla, mientras se amasaba las manos. Hizo una pausa y continuó—. Me gustaría que nuestra conversación no saliera de este despacho. Nos conocemos desde hace muchos años, yo te aprecio y siempre te he apoyado. Desde que llegaste has trabajado bien y no has causado ningún tipo de problema. Te considero una trabajadora modelo y te he ayudado en todas las situaciones.

—Siempre te estaré agradecida por tu ayuda y sabes que, en cualquier circunstancia, puedes contar conmigo —dijo Marina.

—Sí, lo sé, y es la razón de esta conversación. Con otra persona habría actuado de forma muy diferente —dijo Concha, mirándola ya fijamente a los ojos. Luego, subiendo el volumen de voz, continuó—. Estoy terriblemente decepcionada con lo ocurrido ayer, con tu actitud. Para mí fue una auténtica conmoción verte actuar así, no podía creérmelo. No, viniendo de ti.

Marina palideció; cada uno de los músculos de su cuerpo se había tensado. Intentó hablar, pero solo le salió un balbuceo:

—Eh… no, no sé qué quieres decir…

—Por favor, no me tomes por tonta ni te lo hagas tú. Los comentarios que hiciste ayer antes de empezar la reunión de la mañana fueron inaceptables. Y delante de todo el mundo. No sé con qué objetivo lo hiciste, pero en ningún caso está justificado —dijo Concha en un tono muy serio.

—Lo siento, no era más que un pasatiempo, solo un ejercicio. Pretendía animar un poco la conversación y no pensé que pudiera molestar.

—¿Un pasatiempo? Defender a los asesinos de nuestros hijos, ¿un ejercicio para animar? Sinceramente, creo que no piensas lo que dices. Hay ciertos temas que hieren a los demás, no los puedes utilizar para pasar el rato, como algo intrascendente. ¿Sabes lo de mi sobrino?

—No… —contestó confundida Marina.

—Murió hace dos semanas en el frente de Castellón. Lo mataron esos salvajes que tú defendías ayer. 22 años, un estudiante brillante, un chico majísimo, fue voluntario a defender a su país, a defender la libertad de gente inocente como tú, como yo. Mi hermana está destrozada. Tengo miedo de que se vuelva loca, está separada y era todo lo que tenía. ¿Qué quieres que pensemos de esos bárbaros? ¿Tienes idea del dolor que puedes causar defendiéndolos?

—Lo siento muchísimo, de verdad. No lo sabía —dijo Marina.

—Y ese es solo mi caso. Todo el mundo ha perdido a algún familiar a manos de esos salvajes. Se escuchan historias espeluznantes. Tenemos miles de muertos causados por ellos, un dolor sin límite generado por unos inhumanos. ¿Cómo los podemos considerar como nosotros? ¿Acaso actuarías tú de esa forma? Yo, desde luego, no —dijo Concha frotándose los ojos.

—No pretendía herir, ni aumentar el dolor. Lo lamento profundamente, créeme. Puedo entender lo que es perder un hijo y no quisiera de ninguna manera causar dolor adicional a quien lo sufre —se disculpó Marina.

—Además, me han dicho que también hiciste otros comentarios inapropiados ayer. Insisto, no sé, ni me importan tus motivos, pero te pido…, te exijo que no se repita nunca más algo parecido y que te disculpes con tus compañeros. En cualquier caso, creo que sería mejor para ti un cambio de departamento o, aún mejor, marcharte a otra empresa. Me duele mucho tener que hablarte así, pero como te he dicho, con otra persona no habría actuado con tantas contemplaciones, directamente la habría echado y denunciado a la policía. No lo he hecho así contigo por todos los años que nos conocemos.

—Lo entiendo y te doy las gracias —dijo Marina.

—Te prevengo para que estés atenta, no descartes que alguien te haya denunciado. Y, por favor, en los próximos días, procura no mantener mucho contacto conmigo, no me gustaría que alguien pudiera ni remotamente pensar que comparto algo de lo que dijiste. Ya me has puesto en una situación bastante delicada. Tengo hijos que dependen de mí.

—No te preocupes, y muchas gracias por ser tan sincera —dijo Marina levantándose.

Nada más salir del despacho, se encontró con Carlos y Antolínez. La saludaron y Carlos le dijo:

—¿Te encuentras bien? Estás completamente blanca.

—Nada serio. No me ha sentado bien la comida, estoy un poco revuelta —dijo Marina, haciendo un esfuerzo por sonreír.

—Cuídate —dijo Carlos. Antolinez no dijo nada, se limitó a mirarla con una expresión seria y continuaron su marcha.

Fue al baño, se mojó la cara con agua fría. Se sentía sin fuerzas. La situación era peor de lo que había imaginado. No solo parecía improbable que alguien pudiera ayudarla en el entorno de lo oficina, sino que podría llegar una detención inminente. Se miraba en el espejo, compadeciéndose de sí misma y maldiciendo nuevamente a Francesc, el estúpido que había pasado de tenerlo todo a poner en peligro la vida de su hija, cargándola a ella con la responsabilidad de intentar un rescate imposible. Estuvo en esa posición hasta que entró en el baño Inés, una de las compañeras con la que discutió el día anterior. Se saludaron con una sonrisa forzada. Se secó las manos y, después de salir, se dirigió a su mesa de trabajo.

Al sentarse, descubrió unas hojas dobladas sobre su mesa. Tenía la absoluta seguridad de que no estaban allí cuando marchó a comer. Las desdobló y empezó a leer:

«Unidos en Libertad.

Hace unos años, Europa tenía el sueño de construir una sociedad común para todos. Desde la división y la guerra se avanzó para tener instituciones comunes. Se pretendía acabar con los conflictos...»

Su corazón se aceleró, apenas podía respirar. Inés entró en la sala, pasó por delante de ella y le dirigió una mirada casual antes de sentarse. Miró alrededor para comprobar si alguien la observaba y, sin dejar de vigilar, dobló nuevamente las hojas y las introdujo en un cajón de su mesa.

Estaba temblando. No podía centrar sus pensamientos. Aparentó trabajar mientras analizaba la situación. Su primera reacción fue de pánico, pensó que era una trampa para acusarla de conspiradora y en cualquier momento ser detenida, con los papeles en su poder. Podría decírselo a Concha y juntas llamar a la policía, de esa forma mostraría su clara voluntad de cooperar y probaría que no tenía nada que ver con esas hojas, pero estaría perdida si Concha informaba de los comentarios que había realizado el día anterior, y estaba convencida de que lo haría. También consideró la opción de deshacerse de los papeles y actuar como si no los hubiera visto.

Por fin se serenó y pudo pensar con claridad. Podía ser lo que estaba buscando, alguien que la ayudara a salvar a Roser. Si perdía esta oportunidad, no tendría otra.

Carlos era de los pocos en la oficina que aún la hablaba y parecía el menos afectado por sus comentarios. Si no era una trampa, Marina lo consideraba el primer candidato de haber dejado los papeles en su mesa. Podría hablar con él y salir de dudas. En cualquier caso, estaba convencida de que él la ayudaría, aunque debía admitir que era más una corazonada y un deseo que un hecho fundamentado en el comportamiento de Carlos.

Llegó la hora de salir sin haber tomado una decisión clara de cómo actuar. Finalmente, en el último momento, sacó los papeles del cajón los metió en el bolso, ni siquiera miró si alguien la observaba. Lo hizo sin pensar o, al menos, no fue consciente de haber tomado la decisión.

Al salir, se encontró nuevamente con Carlos, que la saludó y preguntó:

—¿Estás mejor? ¿Qué tal tu estómago?

—Mejor, gracias. Un té y recuperada —contestó. Y, sorprendida de escucharse a sí misma decirlo, añadió—. ¿Te apetece tomar algo? Me gustaría comentarte un asunto.

—¡Oh! Me encantaría, pero tengo una cita que no puedo evitar y voy tarde. ¿Es urgente? ¿podemos hablar en otro momento?

—Sí, claro, no es nada urgente, no te preocupes —respondió Marina.

—Estupendo, entonces hablamos mañana. Cuídate —le guiñó un ojo y se marchó rápidamente.

Marina lo siguió con la mirada unos segundos, se encogió de hombros y luego se dirigió a la estación de metro. Vigilaba continuamente a su alrededor para averiguar si alguien la observaba. El bolso parecía pesar mucho más de lo habitual y sentía que tenía que hacer un esfuerzo enorme para llevarlo. En cada control imaginaba que saltaba la alarma en su móvil y la policía la paraba para registrar su bolso.

Llegó a su casa con dolor en el cuello y hombros, causado por la tensión, así como un terrible dolor de cabeza. Se tomó un analgésico y se duchó con agua muy caliente para aflojar la tensión. Una vez relajada, la primera conclusión que sacó fue positiva: si hubiera sido una trampa, ya la habrían detenido. Sacó los papeles; eran un manifiesto escrito en dos hojas por ambas caras. Empezó a leer:

«Unidos en Libertad.

Hace unos años Europa tenía el sueño de construir una sociedad común para todos. Desde la división y la guerra se avanzó para tener instituciones comunes. Se pretendía acabar para siempre con los conflictos entre países vecinos tras los desastres de la Primera y Segunda Guerra Mundial. Superar lo que nos dividía, fortalecer lo que nos unía. Aceptar las diferencias, no luchar para destruir lo diferente. Eliminar el odio, promover la comprensión y cooperación.

Pero las crisis económicas, la burocracia de las instituciones, la corrupción y, fundamentalmente, la desidia de los ciudadanos, causaron una explosión de nacionalismos que destruyeron la Unión Europea, la colaboración entre los pueblos y cualquier esperanza de paz. El odio y el enfrentamiento vencieron nuevamente, y esta vez aún con más fuerza, a la comprensión y colaboración… ».

Marina continuó leyendo los papeles. Algunas cosas le parecían razonables y lógicas, pero si el documento hubiera defendido posturas contrarias es muy posible que también le hubieran parecido razonables. Estaba demasiado acostumbrada a dejarse llevar. En cualquier caso, el contenido concreto de ese manifiesto no le importaba, lo realmente importante para ella era el rescate de su hija, y esos papeles demostraban la existencia de algún tipo de organización que podría ayudarla.

Lo que sí le llamó la atención fue que no era un ataque contra alguien en concreto, sino que consideraba a todos los Estados al mismo nivel: dictaduras nacionalistas que promovían el odio y la opresión; aunque cada gobierno se asignaba a sí mismo el papel de paladín de la paz y libertad. Pregonaba que la única solución era erradicar el odio y promover la compresión y la colaboración. También le sorprendió la responsabilidad que asignaba a los ciudadanos de haber llegado a esa situación. Defendía que se habían acomodado y habían apoyado ideas excluyentes e intolerantes. También que habían mitificado el nacionalismo, justificándolo por la necesidad de defenderse de los otros. Marina no tenía esto muy claro. ¿Qué podía hacer la gente? ¿Qué podía hacer ella en contra de toda la maquinaria de un Estado? Nada, absolutamente nada, se respondió.

Salvar a su hija sí era algo concreto que podía hacer, y lo haría, aunque le costara la vida.

CAPÍTULO 11

CARLOS

16 DE SEPTIEMBRE. MIERCOLES, 09:00

A la mañana siguiente, Marina acudió al trabajo sin ningún plan concreto. Quien dejó el manifiesto era alguien de su departamento o trabajaba muy cerca. Confiaba en que se pusiera en contacto con ella, solo sería cuestión de esperar.

Nada más llegar a su mesa, Carlos se acercó a ella y dijo:

—Siento mucho lo de ayer, pero no podía faltar a mi cita. Supongo que ahora lo entenderás. ¿Lo has leído?

Marina se quedó muda. No esperaba un acercamiento tan rápido y directo, sin ningún tipo de cautela. Pero le encantaba que fuera Carlos, había deseado que fuera él. Con diferencia, era la persona del departamento que mejor le caía y con el que mejor se llevaba. Finalmente, consiguió reaccionar y contestó:

—Sí, lo he leído.

—¿Y, bueno? ¿No tienes nada que decirme? —preguntó Carlos.

—Estoy un poco sorprendida… Ayer mismo Concha me avisó del peligro y la necesidad de ser discretos, ahora tú directamente me lo dices como si no existiera problema. En cualquier caso, necesito contactar con alguien que pueda ayudarme lo antes posible.

—Ahora el sorprendido soy yo —dijo Carlos, abriendo mucho los ojos y arqueando las cejas. Se acercó más a Marina y continuó en voz baja—: ¿Concha lo sabía? Esa bruja..., si yo mismo no me enteré de la decisión hasta ayer por la tarde... Y, además, ¿te habló de riesgos y problemas? Estaba convencido de no contar con su aprobación, nunca me ha apoyado, estoy seguro de que, si hubiera sido por ella, no me habrían dado el puesto. Pero no entiendo por qué tú necesitas ayuda, ¿quieres quedarte en mi puesto actual?

A esa altura de la conversación, Marina ya era consciente del error. ¡Era imbécil!, se decía. Se había dejado llevar por sus sentimientos y no había tomado ninguna precaución. Carlos estaba hablando de un asunto completamente diferente, totalmente desconocido para ella; no se refería al manifiesto, sino a algo relacionado con un nombramiento. Probablemente le habían ascendido. Intentó arreglarlo de alguna forma. Dijo:

—No, no. Concha no lo sabía. Sospechábamos algo y yo estaba muy preocupada por ti. Por favor, te pido que no le digas a Concha que hemos hablado de este tema.

Carlos abría los ojos elevando las cejas y luego casi los cerraba, frunciendo la frente. Repitió esos movimientos varias veces, como ayudando a su cerebro a entender lo que decía Marina. Para ganar tiempo, preguntó:

—Bueno, ¿qué asunto querías comentar ayer?

Marina estaba decidida a desconcertar aún más a Carlos para salir del embrollo:

—Realmente no..., no quería tratar ningún asunto —dijo, mirando hacia abajo—. Necesitaba compañía y... ¿quién mejor que tú? No pude evitar pedírtelo.

—Lo siento, no entendí... —Carlos notaba calor en sus mejillas, miraba alrededor e intentaba buscar las palabras adecuadas—. Ayer… imposible. Bueno, podemos quedar esta tarde, si quieres, y charlamos tranquilamente. ¿Te parece?

—Esta tarde lo tengo difícil, tal vez mañana. Lo hablamos luego —dijo Marina.

—Perfecto. Bueno, debo trabajar un poco, nos vemos—dijo Carlos. Sonrió y se marchó.

Marina no pudo evitar pensar en Sara. Si le contara una metedura de pata de tal calibre y como salió de la situación, no pararía de reírse y se lo estaría recordando durante meses. Echaba de menos a su amiga, su vitalidad, alguien con quien hablar... Por otra parte, estaba orgullosa de sí misma, pues a pesar de lo trágicas que podían ser sus circunstancias, había salido de una situación comprometida con cierta gracia. Trataba de mantener el humor, pero era consciente de que no se podía tomar su situación a broma, se estaba jugando la vida y, lo que era peor, también la de su hija.

Encendió el ordenador. En el correo pudo ver a lo que se refería Carlos cuando le preguntó si lo había leído: era un comunicado informando de su nombramiento como coordinador en la sede de Sevilla y de que dejaba su actual puesto de trabajo el 1 de octubre.

Lo tomó como una lección aprendida; debía ser cuidadosa y asegurarse bien. No podía dar nada por supuesto, a pesar de las apariencias. En cualquier caso, no perdió el buen humor en toda la mañana.

La actitud del resto de sus compañeros era igual de esquiva que el día anterior. Trataban de evitarla; era una apestada dentro del edificio. En la comida, coincidió con Carlos y, de regreso a la oficina, pudieron hablar unos minutos en privado. Carlos se disculpó nuevamente por rechazar la invitación del día anterior e insistió en quedar ese día a la salida del trabajo.

Marina, mintió, indicando la imposibilidad de cancelar la cita de la tarde. Lo había intentado, pero fue imposible. Pensó en Sara y su frase: «Ese Carlos y tú terminaréis liados». Seguía de buen humor.

Poco antes de las cinco, sonó un aviso en su móvil. No era el sonido de un mensaje de otra persona, pues todo el mundo los tenía silenciados, debido a los muchos que se recibían. El sonido era por la recepción de una entrada de cine para la sesión de las 18:30 en una sala cercana a su oficina. Cuando varias personas iban juntas a un espectáculo, una se encargaba de sacar todas las entradas a través del móvil y luego las distribuía a todos los asistentes, los cuales recibían un mensaje que indicaba quién la enviaba, el precio y, en el caso de cines, la película, sala y sesión. Había que aceptar la entrada y el coste se cargaba automáticamente en la cuenta de cada uno. Extrañamente, en la que había recibido no aparecía el nombre de quien la enviaba. Marina nunca había visto un caso así. Siempre aparecía, incluso en entradas promocionales y gratuitas.

Aceptó la entrada. Supuso que tendría relación con quien dejó las hojas en la mesa, aunque recordó la necesidad de ser prudente y estar atenta para no caer en otro error como el ocurrido con Carlos.

Como todos los días, salió de trabajar a las seis de la tarde. La sala de cine estaba en un centro comercial, a unos quince minutos andando desde su trabajo. Se dirigió allí y fue directamente al acceso de las salas de cine. Acercó el móvil a un lector situado a su derecha y se abrió una pequeña barrera metálica, permitiéndole el acceso. A su vez, en una pantalla situada enfrente, apareció junto a su nombre una flecha verde, indicando el número y la localización de la sala a la que debía acudir, así como la fila y asiento.

Cinco minutos antes del inicio de la proyección, entró en la sala. La pantalla de su móvil se puso de un determinado tono azul. Buscó con la vista hasta encontrar un asiento en el que una luz del mismo azul parpadeaba en la parte superior del respaldo y se dirigió hacia allí. Cuando estaba a unos cinco metros, la luz dejó de parpadear, quedándose fija. Finalmente, llegó a su asiento, se sentó y la lucecita azul se apagó y también desapareció el color de su móvil.

La sala estaba ocupada en un tercio y la mayoría de los espectadores estaban situados en la parte central. Los dos asientos de su izquierda estaban ocupados por una pareja de adolescentes, el asiento de su derecha estaba libre y, a continuación, había un grupo de cuatro mujeres de unos treinta años que charlaban animadamente. Marina supuso que alguien se sentaría en el asiento de su derecha y se resolvería el misterio de quién le había dejado las hojas. De vez en cuando entraba algún nuevo espectador que se dirigía hacia la luz parpadeante que se encendía en el asiento asignado. Cuando se apagaron las luces de la sala, la luz del asiento de la derecha no se había encendido en ningún momento.

En los cines, todas las sesiones se iniciaban con reportajes informativos de unos diez minutos. Oficialmente, tenían el objetivo de informar a la población de asuntos relevantes de interés general. Cada semana se estrenaba uno nuevo, que se proyectaba en todas las salas. Era obligatoria su proyección y no estaba bien visto llegar tarde para evitar verlos.

El de esa semana estaba dedicado al SiSPer. Más concretamente, a la campaña de política social lanzada por el gobierno, «SiSPer para todos», para proveer de móviles con SiSPer a los ciudadanos que no disponían de recursos económicos suficientes para adquirir un móvil. La campaña había sido un gran éxito y ahora todos los ciudadanos mayores de 8 años disponían de su propio móvil con SiSPer, eliminando el riesgo de exclusión social que tenían los ciudadanos con pocos recursos. Sin el móvil vivían marginados en guetos, pues no podían utilizar el transporte público, no podían adquirir ningún bien (ya que la única forma de pago era el SiSPer), no podían acceder a los servicios médicos ni a la educación. No tenían acceso a Internet y, prácticamente, no podían ni caminar por la mayoría de las calles, pues en los puestos de control y protección saltaban las alarmas si pasaba algún ciudadano sin SiSPer, siendo detenido para su identificación.

Se mostraba la campaña «SisPer para todos», no solo como una ventaja para las clases con menos poder económico, sino para todos los ciudadanos. Podían estar tranquilos, si en el futuro tenían problemas económicos, el gobierno les garantizaba que les proveería de móviles con SiSPer gratuitos. Otra ventaja es que había sido posible implantar completamente la ley de uso obligatorio del SisPer, por la que todos los ciudadanos estaban obligados a llevar siempre con ellos un móvil con SiSPer.

El reportaje lo mostraba como el invento que más beneficios sociales e incremento de la calidad de vida había producido a la humanidad en los últimos siglos. Como el resto de los espectadores, Marina estaba impresionada por los datos de las mejoras producidas por el sistema. Aparte de todas las utilidades del sistema que disfrutaban los ciudadanos, las cifras de robos con violencia, asesinato, violaciones y otras agresiones se habían reducido prácticamente a cero, pues los delincuentes sabían que serían detenidos inmediatamente, al quedar registrada su presencia junto a las víctimas en el momento de la agresión. 1.500 terroristas y conspiradores se habían detenido el año pasado gracias al SiSPer; se habían evitado 200 atentados que habrían producido miles de víctimas, gran parte de ellas ciudadanos completamente indefensos, incluso niños. Una voz en segundo plano preguntaba: «Pero ¿podría el SiSPer ser perjudicial para alguien?», y se respondía a sí misma: «¡Sí! Por supuesto. Es perjudicial para los delincuentes, conspiradores y terroristas. Para el resto de los ciudadanos, es una fuente inmensa de beneficios». Esta era la justificación de la obligatoriedad de llevar siempre el SiSPer.

El reportaje terminaba con declaraciones de personas con pocos recursos explicando cómo habían mejorado sus vidas desde que el gobierno lanzó la campaña «SiSPer para todos». Mostraban un agradecimiento infinito, pues ya nunca más estarían discriminados; podrían llevar una vida normal, sus hijos estarían integrados y tendrían un futuro mejor.

El control del SiSPer a Marina nunca le había preocupado pero empezaba a sentirse extraña pensando que alguien sabía exactamente dónde estaba y dónde había estado en cada momento y con quién. En cualquier caso, no podía negar las mejoras de todo tipo que el sistema había producido.

El reportaje terminó. La butaca de la derecha permanecía libre. Se inquietó. Consideró las posibilidades: tal vez su contacto misterioso había tenido dificultades para atender la cita, se arrepintió o simplemente ella había recibido la entrada por error en su teléfono, aunque esta opción la consideraba improbable. En cualquier caso, ella poco podía hacer, así que decidió quedarse hasta el final.

Empezó la película, una historia de amor en tiempos de guerra, estrenada la semana anterior con gran éxito de público. A pesar de ser una película americana protagonizada por una de las parejas de actores más famosos de Hollywood, la historia se desarrollaba en la Federación Ibérica, durante una batalla contra la República Francesa. Los protagonistas principales eran de la Federación y representaban los valores positivos en la película: amantes de la libertad, contrarios a la violencia, honrados y fieles. Los franceses eran inhumanos y violentos. Marina recordó el manifiesto y la carta de Francesc, que decía que todos los países europeos se habían convertido en dictaduras. En este caso, estaba clara la visión positiva que tenían los americanos de la Federación como un país respetuoso con la libertad y la vida de los demás, todo lo contrario de Francia. Aparte de estas reflexiones, Marina disfrutó, le gustó la historia, se emocionó y, durante algunos minutos, se olvidó de sus problemas. La película finalizó y abandonó la sala.

Ya no tenía ninguna esperanza de que alguien contactara con ella ese día. Pero, como no le apetecía encerrarse en casa tan pronto a seguir rumiando su situación, decidió dar un paseo. Los centros comerciales habían cambiado mucho en los últimos años y eran más parecidos a los antiguos mercados, con comercios de lo más variopinto, desde ferreterías a tiendas de reparación de calzado, pasando por tiendas de alimentación de todo tipo. En los tiempos anteriores a la guerra, la mayoría de las tiendas en los centros comerciales eran de ropa y complementos, además de bares y restaurantes. Debido a los conflictos con los países vecinos, la situación económica se había deteriorado y el comercio entre países europeos se había reducido considerablemente y limitado a países amigos. El número de empresas textiles era muy escaso, y como consecuencia el número de tiendas de ropa se redujo drásticamente. Muchos de los restaurantes eran de comida rápida y en la mayoría de los casos solo era posible adquirir bocadillos y sándwiches.

Algunos establecimientos tenían pantallas publicitarias es sus escaparates. Mostraban publicidad en función de los hábitos de compra de la persona que pasaba por delante. Marina se detuvo frente a una tienda de comida preparada y la pantalla mostró los diferentes tipos de ensaladas, su plato preferido, disponibles en ese establecimiento. Decidió entrar para comprar la cena y llevársela a casa.

Dio otro paseo, echó un vistazo a algunas tiendas y, a las nueve, decidió marcharse. Se dirigió a la salida más cercana al metro y, cuando estaba a punto de pisar la calle, alguien la saludó. Se giró; era Antolínez, el compañero de oficina con el que tan poca relación tenía.

CAPÍTULO 12

ANTÓ

16 DE SEPTIEMBRE. MIÉRCOLES, 21:00

Antolínez la miraba muy serio. Repitió:

—Hola.

Tardó en reaccionar, pero finalmente le devolvió el saludo.

—Hola, buenas noches. ¿Qué tal?

—Bien, gracias. Vivo cerca, suelo comprar aquí. ¿Y tú? —dijo Antolínez.

Marina se le quedó mirando sin saber qué decir. Nunca le gustó. No sabía qué pensar sobre ese encuentro. En cualquier caso debía actuar con cautela y no precipitarse ni cometer errores. Seguía mirándolo sin decir nada; finalmente, Antolínez habló:

—¿Te apetece tomar algo?

—Eh… no, no —respondió Marina, que no esperaba la pregunta, y añadió—: Lo siento, debo marcharme, es un poco tarde.

—Venga, mujer, no solemos hablar mucho en la oficina, a veces es bueno compartir los pensamientos con los demás.

Marina le miró durante unos segundos mientras decidía. Aceptó finalmente. Entraron nuevamente en el centro comercial. Antolínez se dirigió directamente a uno de los bares más espaciosos, buscó una mesa al fondo del local y se sentó de espaldas a la pared, mirando la puerta de entrada. Le indicó a Marina un asiento frente a él. Preguntó qué le apetecía tomar, se levantó, y fue hacia la barra. Regresó unos minutos después con dos cervezas y un plato de patatas fritas.

—¿Vienes mucho por aquí? —preguntó Antolínez.

—No. Solo de vez en cuando, es un lugar que está cerca de la oficina para comprar o ir al cine. Hoy me apetecía ver una película.

Antolínez miró hacia la puerta de entrada del local. Marina resistió el impulso de girarse y mirar en la misma dirección. Intentaba mantener la calma y no parecer preocupada. Después, la sorprendió con una pregunta directa.

—¿Leíste el manifiesto? —Antolínez pudo ver la cara de sorpresa de Marina, que dejó el vaso de cerveza.

—¿Lo dejaste tú en mi mesa? —preguntó a su vez Marina, ya recuperada de la primera impresión, sin responder la pregunta inicial de su compañero.

—Sí. También te envié la entrada.

—¿Por qué lo hiciste? —preguntó de nuevo Marina.

—Tus comentarios del otro día me sorprendieron y me preocupé por ti. En los tiempos actuales es muy peligroso decir ciertas cosas en público. Si continuas haciéndolo delante de ciertas personas, lo pasarás bastante mal.

—¿Lo has escrito tú? —preguntó Marina.

—No, no. Solo soy un mero transmisor. Uno más. ¿Qué opinas del manifiesto?

—No estoy segura... —continuó Marina—. Una parte me pareció aceptable, tal vez refleje la realidad, pero otra parte creo que es exagerada, no representa a nuestro país, España o la Federación Ibérica, como lo queráis llamar. Por ejemplo, el manifiesto dice que todos los Estados europeos actúan de forma similar, pero parece que no es como nos ven desde fuera. Hoy he visto una película americana. No era el tema principal de la película, pero mostraba a los franceses como asesinos y seres sin sentimientos. Atacaban a la pacífica Federación Ibérica simplemente por odio. Era solo una película, pero entiendo que representa cómo nos ven desde el exterior y no nos ven iguales a todos, por tanto... —se interrumpió, le desconcertó ver una gran sonrisa en la cara de Antolínez.

—No sabes cómo funcionan esas películas, cómo las hacen. ¿Verdad? —dijo Antolínez.

—¿A qué te refieres?

—Si vieras esa misma película en París, estaría ambientada en Francia, atacada por Alsacia, Padania, Flandes, País Vasco o cualquiera de sus otros enemigos. Si la vieras en Londres, la historia se desarrollaría en una Inglaterra atacada por Gales o Escocia, y así en cada país. Exactamente la misma historia, pero los «buenos» siempre serían los del país donde se proyecta.

—¿Hacen los americanos películas diferentes para cada país? —preguntó Marina.

—No, no es necesario, es mucho más sencillo. ¿Cómo representaban a la Federación Ibérica? Supongo que por los carteles, por los colores de las banderas y poco más. Ahora imagínate cambiando los colores de las telas de la película, los de la bandera de Francia por la Ibérica y viceversa; también los símbolos y carteles: franceses por ibéricos. Cambia algunas palabras de los diálogos y ya está: tienes exactamente la misma película, pero los buenos ahora son los pobres franceses atacados por los salvajes de la Federación Ibérica. Con las películas digitales actuales es sencillísimo cambiar los colores, símbolos y carteles. Cambiar alguna palabra en los diálogos es muy fácil si la película es en versión original y trivial si la película está doblada. Cuando traen una nueva película, simplemente, preguntan al Ministerio de Cultura los países que deben aparecer como enemigos e, inmediatamente, tienen la versión para la Federación Ibérica preparada. Como te digo, habitualmente solo es necesario intercambiar el color de las telas de «los buenos y malos». Los americanos contentos, porque siguen haciendo negocio, nuestras autoridades felices, porque nosotros siempre somos los «buenos», y los espectadores orgullosos de pertenecer a la parte buena del mundo.

Marina estaba fascinada, no solo con las explicaciones, sino además por su sonrisa. Nunca le había visto sonreír en el trabajo, pero esa sonrisa la tranquilizaba. Antolínez continuó hablando:

—En cualquier caso, el manifiesto no está muy alejado de tus comentarios del otro día en la oficina. ¿Por qué los hiciste? ¿Expresaban tus pensamientos?

—¿Te lo debería decir? Si lo que cuentan esas hojas es cierto, esto puede ser una trampa para mí y tú un policía o un colaborador que ayuda a detenerme —respondió Marina.

—Efectivamente, y lo mismo me pasa a mí contigo: tú puedes ser una agente de policía —dijo Antolínez, sonriendo nuevamente. Luego continuó—. En cualquier caso, el posible agitador ya estaría perdido, daría igual lo que hiciera. Además, los dos tenemos cara de buenas personas, no de pertenecer a ninguna fuerza represora, ¿no? Por tanto, relájate y cuéntame por qué decidiste hacer esos comentarios. Llevas muchos años en este trabajo y jamás te había oído nada parecido.

Marina lo miraba fijamente y también sonreía; le fascinaba la sonrisa de ese tipo. Parecía una persona completamente diferente, empezaba a caerle bien; pero, si se equivocaba con él, no tendría más oportunidades. Pasaron unos minutos en silencio. Finalmente, decidió que era su única posibilidad de ayuda, se la debía jugar al todo o nada. Ahora, con rostro serio, dijo:

—Necesito ayuda. Debo contactar con alguien de la resistencia para que me ayuden a salvar a mi hija.

—¿Qué le pasa a tu hija? —pregunto Antolínez, que ahora tampoco sonreía y la miraba con los ojos muy abiertos.

—Es una larga historia, empezaré por el final... Soy la exmujer de un ministro catalán que se suicidó el pasado viernes. Antes de morir, me envió un mensaje indicándome que nuestra hija de 15 años estaba en peligro. Me pedía que contactara con alguien de la resistencia para que me ayudaran a rescatarla.

Antolínez tardó en contestar:

—Bien, no sé si lo pretendías, pero me has dejado absolutamente perplejo… Por favor, cuéntame la historia completa para tratar de entenderlo bien. Tal vez yo te pueda poner en contacto con alguien. ¿Te importa si tomo algunas notas? —dijo Antolínez mientras sacaba un lápiz y unas hojas blancas, dobladas, del bolsillo posterior de su pantalón.

—No, sin problemas.

Y Marina contó su historia desde el principio, sin parar de hablar, como si repitiera un discurso repasado cientos de veces.

Estudió Bellas Artes en Madrid y Múnich. Después, hacía 17 años, fue a Barcelona antes de la independencia de Cataluña, para hacer una tesis sobre Gaudí. Los movimientos independentistas eran mayoritarios, siendo bien vistos por la mayoría de la sociedad. Si querías estar integrado, debías apoyarlos. Conoció a un joven idealista y soñador, el político nacionalista Francesc Baró, cinco años mayor que ella. Se enamoró y se quedó a vivir en Barcelona. Cataluña se declaró independiente, pero Francesc dijo que no había de qué preocuparse, la relación entre Cataluña y el resto de España permanecería igual, a nadie le beneficiaba ningún tipo de conflicto, había muchos intereses económicos comunes. A los dos años de conocer a Francesc, se casaron. Su marido fue nombrado ministro de Información. El Reino Unido se salió de la Unión Europea, le siguieron Holanda, Francia, Grecia y, finalmente, la Unión Europea se desintegró totalmente. Su marido le dijo que todo eso sería bueno para Cataluña y, por tanto, para ellos. Se crearía una nueva Europa, la Europa de los pueblos, en la que ellos tendrían una voz importante y su poder aumentaría, al no estar lastrados por España. España cambió su nombre por Federación Ibérica. Marina quedó embarazada; su felicidad era completa. En Europa había conflictos nacionalistas por todos los rincones. Se independizó la Padania en Italia, se separaron flamencos y valones, creando dos Estados de la antigua Bélgica. Como esposa de un alto dirigente, ella vivía en una burbuja, aislada de cualquier tipo de problemas. En una Alemania sumida en una profunda crisis, se independizó Baviera, su Estado más rico. Escocia, Gales e Inglaterra se separaron. Nació su hija y nunca creyó que pudiera ser tan feliz. Se iniciaban conflictos por doquier, antiguos compatriotas se enfrentaban en todos los rincones de Europa. Cataluña pasó a llamarse «Països Catalans» y reclamaron las Baleares, la Comunidad Valenciana y parte de Aragón de la antigua España y una zona del sureste de Francia. Ella se sentía completamente integrada en la sociedad catalana. Sus relaciones, mayoritariamente, se establecían con las clases dirigentes.

La situación entre Cataluña y España se convirtió en guerra abierta; había un odio creciente hacia todo lo español. Debió reducir sus apariciones en público, pues perjudicaba la imagen de su marido; era muy difícil aceptar a un ministro con alguien a su lado que estaba relacionado con su peor enemigo. El odio contra los otros se multiplicó por toda Europa. En todos los países se identificaba al enemigo con seres inhumanos a los que era necesario exterminar sin compasión. Comenzó a recibir amenazas que le obligaron a estar encerrada en su casa. Cada vez estaba más aislada y, para protegerla, le dijo, su marido la recluyó en una cárcel y la separó de su hija. El odio hacia los otros seguía creciendo. La incluyeron en un intercambio de prisioneros con España, Francesc le aseguró que era lo mejor, así por lo menos podría conservar la vida. Pasó algunas penalidades en la Federación Ibérica hasta encontrar su actual trabajo, que le permitió sobrevivir. Desde entonces, había tenido una vida gris y anónima, siempre con el recuerdo de su hija, hasta recibir la carta de Francesc.

Estuvo hablando veinte minutos sin parar, casi sin respirar entre frase y frase, uniendo diferentes hechos. Antolínez no la quiso interrumpir. Le dio la impresión de que si la paraba, se desinflaría y no podría continuar. Cuando terminó, hizo varias preguntas para aclarar algunos puntos y, al final, dijo:

—Y lo que te pedía tu marido era contactar con alguien de lo que él llamaba resistencia, para que te ayudara a salvar la vida de tu hija. ¿Tú crees que esa resistencia existe?

—Si tú no eres de la policía, sí. No creo que alguien vaya dejando esas hojas por ahí si no pertenece a algún tipo de organización.

—Y si existiera, ¿crees que te ayudarían? —dijo Antolínez con una expresión seria. Luego, sin esperar la respuesta, continuó—. Poner en riesgo sus vidas y las de su familia para salvar a la hija de uno de sus torturadores. Porque se lo pide la exmujer del asesino, la cual, cuando pertenecía a la clase dirigente, miraba para otro lado en su burbuja de felicidad y, cuando era una ciudadana más, se limitó a sobrevivir, rumiando sus penas, sin ayudar, ni siquiera pensar que otras personas pudieran estar siendo aniquiladas por esos dictadores genocidas. ¿De verdad crees que deberían arriesgar su vida por ti o por tu hija?

Marina notó en los ojos el picor de las lágrimas que intentaban brotar, se esforzó en pararlas, pero no estaba segura de conseguirlo. Apretó con fuerza el vaso de cerveza; se lo habría tirado a la cabeza. Ese imbécil no sabía lo que ella había sufrido, sus circunstancias. Ella no hizo nada contra nadie, actuó como los demás, nunca intentó hacer daño a nadie ni tuvo ninguna capacidad de decisión. Quiso hablar, pero solo le salían disculpas y ella no quería disculparse, no había hecho nada malo.

—Siento ser tan directo, pero no podemos andarnos con rodeos —dijo finalmente Antolínez.

Marina se dio unos minutos para calmarse, se levantó a pedir un vaso de agua. Cuando regresó, comenzó a hablar nuevamente:

—Hay más. Mi exmarido estuvo recopilando información para que pudiera ser utilizada por la resistencia. No sé exactamente qué es, pero él pensaba que sería muy útil. Se la iba a dar a dos personas, las cuales, a cambio, le ayudarían a sacar a mi hija de Cataluña, pero los capturaron. Ahora solo yo sé cómo recuperar esa información. La tendrá quien me ayude. No pretendo que me ayuden porque les caiga bien, pero probablemente lo hagan para conseguir esa información. Como tú dices, no podemos andarnos con rodeos.

—¿Te decía eso tu marido en el mensaje? —preguntó Antolínez.

—Sí.

—Está bien. No te prometo nada. Tienes que seguir escrupulosamente mis indicaciones; las reglas las pongo yo. Creo que no es necesario mencionar que nos jugamos nuestras vidas y las de otros que están a nuestro alrededor —Marina asintió con la cabeza y Antolínez continuó—. Lo primero que necesito es el mensaje completo enviado por tu marido. Déjamelo mañana en mi mesa cuando yo no esté, como yo hice con el manifiesto. Bajo ninguna circunstancia me hables ni me hagas ningún tipo de gesto en la oficina. Sigue como hasta ahora, ignorándome. Tenemos algún compañero peligroso que no dudaría en denunciarnos a la más mínima sospecha. Cuando sea necesario, yo me pondré en contacto contigo por algún medio seguro.

—De acuerdo, pero dime quién eres y quién está detrás de ti —dijo Marina.

—Entenderás que no te de mucha información. Nuestra organización es lo más parecido a una resistencia a los gobiernos actuales. Somos gente muy diferente con opiniones y puntos de vista diversos. Somos proeuropeos, contrarios a los movimientos nacionalistas que destruyeron la Unión Europea. Para nosotros, todos los ciudadanos de cualquier parte son iguales y el odio entre los pueblos está alimentado artificialmente para defender el poder totalitario.

—¿Hay otros grupos de oposición? —preguntó Marina.

—Sí. En algunos lugares tienen mucha fuerza otros grupos nacionalistas, por ejemplo, en Galicia y Baleares, dentro de la Federación Ibérica, o el Valle de Arán, en Cataluña. No colaboramos con esos grupos, no hay ninguna diferencia con los actuales, pretenden lo mismo: alimentar el odio contra otros. Para nosotros, la única solución es eliminar el odio y la intolerancia hacia los otros y el narcisismo hacia lo nuestro.

—¿Sois muchos? ¿Cómo estáis organizados?

—Es un poco tarde —dijo Antolínez, señalando un reloj en la pared de su derecha—. Ahora es importante que te dé algunos consejos. Todos, absolutamente todos estamos vigilados, pero como somos muchos y no nos pueden poner a alguien todo el día vigilándonos a cada uno, recopilan información de todo lo que hacemos, fundamentalmente a través del móvil, pues lo utilizamos para todo. Luego los programas de vigilancia analizan millones de datos y centran la atención en las diferencias, en la gente con comportamientos distintos al resto o en los cambios repentinos, en los que no hacen lo habitual. Para pasar inadvertida, es fundamental seguir haciendo tu vida exactamente igual: sigue las mismas rutinas, haz las mismas actividades, mira los mismos programas de televisión. Accede a Internet a los mismos sitios, no busques información que pueda llamar la atención. Si seguimos juntos, más adelante te proporcionaremos algún método de protección, pero por el momento, por favor, intenta seguir todas tus rutinas. ¿De acuerdo?

Marina asintió. Antolínez continúo hablando:

—Te repito, no puedo asegurarte la ayuda, expondré tu caso y se decidirá —las facciones de Antolínez se suavizaron, comenzó a sonreír de nuevo y continuó—: Lamento haber sido tan brusco antes, pero nos jugamos mucho, debemos ser completamente transparentes, es la única vía para llegar a buen puerto. ¿Algo más? ¿Nos marchamos?

—Tengo una pregunta más. ¿Cómo te llamas? —dijo Marina sonriendo—. Todo el mundo te llama Antolínez, ¿es un apodo o tu apellido?

—Ja, ¡buena pregunta! Me llamo Antonio. Antolínez es mi apellido. Mis padres tenían mucho sentido del humor, me pusieron nombre de dibujo animado: «Antonio Antolínez». Desde niño, mi familia y amigos me llaman Antó; no «Antón», sino Antó, por ser el máximo común divisor entre nombre y apellido. Si quieres, fuera del trabajo me puedes llamar Antó, ese soy yo de verdad. Pero, en la oficina, sigo siendo el seco Antolínez, recuérdalo —dijo Antolínez sonriendo—. Déjame la carta de tu ex, yo intentaré conseguirte una respuesta lo antes posible.

Antó le caía bien, aunque le habría abierto la cabeza con gusto unos minutos antes.

CAPÍTULO 13

MARTA

16 DE SEPTIEMBRE. MIÉRCOLES, 21:00

Era de noche cuando Andreu llegó al palacio presidencial. Su rostro reflejaba preocupación y cansancio, en vez de la prepotencia habitual. Fue directamente al despacho del presidente, que lo esperaba sentado en su escritorio de caoba, delante de un gran ventanal, a través del cual se podían ver los jardines del palacio.

—Buenas noches, presidente.

—¿Realmente son buenas, Andreu?

—¡Mejores no pueden ser! Hace una temperatura ideal —intentó bromear Andreu—. Pero, por lo que me preguntas, no, no son muy buenas. Tengo los primeros informes; es más grave de lo previsto.

—Tenemos una hora, Marta nos espera para cenar a las diez en punto. Cuéntame en detalle —dijo el presidente.

—Hemos encontrado bastantes rastros de las actividades de Francesc. Ha recopilado gran cantidad de información, fundamentalmente durante los tres últimos meses: información operativa sensible, información de organización de nuestras estructuras e información personal de nuestros dirigentes.

—Empecemos con la operativa —dijo el presidente.

—Aquí hemos agrupado información sensible que puede afectar a las capacidades operativas del gobierno, policía y fuerzas armadas. El panorama es desolador —dijo, con un gesto de clara preocupación—. Ha conseguido recopilar información de fuerzas disponibles, detalles de nuestra red de agentes, diseño de planes, códigos de encriptación, claves del SiSPer y otros sistemas. En fin, una información que puede ponernos en jaque si se emplea mal. Y es muy posible que haya más, no descubierta aún.

—Está bien, me hago una idea. ¿Qué más?

—La información personal se refiere a los máximos dirigentes, desde información tuya a información sobre los secretarios de Estado: familia, costumbres, debilidades y…, llamémoslo así, aficiones secretas...

—¿También de lo mío? —interrumpió el presidente. Andreu afirmó con la cabeza—. ¡Dios mío! No me puedo creer que Francesc me hiciera eso. Si Marta conociera esa información, acabaría con ella. ¿Quién le ayudó? Debe haber tenido ayuda, es imposible conseguir tanta información sin colaboración.

—No tenemos la absoluta seguridad, pero creemos que no estaba implicado nadie más —Andreu hizo una pausa para preparar una explicación adecuada—. Bueno, realmente han colaborado con él todos nuestros departamentos… pero sin saberlo. Debemos reconocerlo, ha sido jodidamente hábil. Consiguió que nuestros servicios de información trabajaran para él. Dio a entender que, a muy corto plazo, tú te retirarías y él sería el nuevo presidente; pero que sospechabais de infiltrados en nuestra organización, preparados para actuar en el momento del cambio de presidencia y dar un golpe. Creó varios grupos de investigación; no sabían nada los unos de los otros. A unos les encargó recopilar toda la información personal posible sobre los dirigentes; a otros, informaciones sobre seguridad y planes, con idea de evaluarlos y asegurarse de la inexistencia de puertas traseras implantadas por los supuestos infiltrados. Puso a trabajar en estas actividades a los más cualificados elementos de su ministerio e incluso del mío.

—¿Cómo es posible que pasara inadvertida tanta actividad? ¿Nadie sospechó?

— Ya sabes, Francesc era realmente bueno para manipular. Todos estaban convencidos de haber sido elegidos directamente por el futuro presidente, para una misión fundamental. Hicieron su trabajo con celo y gran discreción; pensaban tener su futuro asegurado. Si hacían esa tarea bien, serían la mano derecha del nuevo presidente; si no, podrían terminar en el frente, en un puesto mucho menos cómodo. A todos les insistió en la importancia de ser muy discretos, para no alertar a los posibles infiltrados. En la mayoría de los casos, ni sus jefes directos lo sabían. Había gente de mi ministerio trabajando para él y yo ni siquiera me enteré.

—¿Sabemos los detalles de la información recopilada?

—De parte de la información. Seguramente, habrá más grupos que han trabajado para él, aún no descubiertos. Es más, con su muerte, algunos deben creer que al final ha triunfado el golpe que Francesc pretendía evitar y ahora tratarán por todos los medios de no ser descubiertos y ocultar que trabajaron con él.

—Genial. Nos espía, nos roba información y, además, parte de nuestros agentes sospecharán de ti como un posible golpista.

—Sí, un buen trabajo —dijo Andreu con resignación.

El presidente golpeo rítmicamente con los dedos en la mesa durante unos segundos y, luego, dijo:

—¿Y si lanzamos una campaña de desprestigio contra Francesc? Podríamos filtrar que trabajaba para España, que había montado una organización para difundir mentiras e infamias sobre el comportamiento de los dirigentes, con el objetivo de desprestigiar a la patria catalana. Al fin y al cabo, tenía una mujer española y una hija medio española. Podríamos mostrar su muerte como un ajuste de cuentas entre conspiradores.

—Sí, es una opción. Funcionaría muy bien. Pero no para nuestra gente y nuestros servicios de información; saben que es una estrategia habitual para desprestigiar a alguien caído en desgracia. De momento, mantenemos la imagen de héroe, prepararemos esa opción para un caso de necesidad. Es irónico —dijo Andreu sonriendo—, Francesc organizaría una campaña perfecta de este tipo.

—¿Sabemos qué hizo con la información?

—Gracias a Dios, esta es la mejor parte. No sabemos exactamente lo que pretendía hacer con la información, a quién se la daría ni a cambio de qué. Pero estamos casi seguros de que estaba en el proceso y aún no la había trasmitido. Mis chicos detectaron un comportamiento extraño y detuvieron a dos tipos, suponemos que les iba a pasar los documentos, pero no sabemos a cambio de qué. Desafortunadamente, murieron y no pudimos obtener mucha información de ellos. Pero creemos que Francesc se suicidó porque estaba convencido de estar atrapado, de que le sacaríamos toda la información y, en poco tiempo, habríamos neutralizado el peligro. Como te he dicho, aún no les había pasado información; estamos casi seguros.

—Si se mató antes de poder utilizar la información, ¿se acabó el problema? No me cuadra la imagen de Francesc dejando algo a medias —dijo el presidente.

—No, a mí tampoco. Más bien se suicidó para proteger la información. Debía tener un plan para que, incluso muerto, la información llegara a su destino.

—¿Qué acciones propones?

—Por una parte, proseguir con la investigación para determinar el volumen de la información conseguida: su propósito, a quién pensaba enviarla y, lo más importante ahora, una vez muerto, el plan urdido para cumplir su objetivo. ¡Organizó algo, estoy convencido! En cualquier caso, debemos prepararnos para lo peor: que la información finalmente sea distribuida y se utilice en nuestra contra. Estoy elaborando una propuesta para la creación de dos comités de crisis, uno técnico, para reducir el impacto en nuestra seguridad, y otro más político, presidido por ti, para minimizar el desconcierto y los enfrentamientos que causará entre nuestra gente la distribución de esa información. Puede originar bastantes incendios que debemos atajar inmediatamente. No será fácil, en muchos casos deberemos adoptar medidas drásticas.

—Toma cualquier medida, por dura que sea. Tienes carta blanca —dijo el presidente.

—Por cierto, ¿qué te parece mi candidato para nuevo ministro de Información?

—Si a ti te parece adecuado, adelante, lo nombraré. Tú lo conoces mejor que nadie y, ahora mismo, necesitamos, sobre todo, tipos totalmente fieles.

Al presidente le interrumpió el sonido del teléfono fijo, situado sobre el escritorio; para comunicaciones internas no se utilizaban los teléfonos móviles. Descolgó el auricular y contestó:

—Sí, sí, ya vamos… No, no te preocupes habíamos terminado… Te vemos ahora —colgó, y dijo—: Marta nos espera, la cena está lista. Por favor, ni una palabra. No le he contado nada de las sospechas y sigue destrozada por el asesinato de Francesc.

Salieron y se dirigieron al jardín. La cena estaba servida en un cenador de madera y tela blanca. La esposa del presidente los esperaba, delgada y menuda, con el pelo cano recogido y vestida de blanco. Andreu advirtió que su vestimenta armonizaba totalmente con el entorno. No era casualidad. Como habitualmente hacía, la esposa del presidente la había elegido cuidadosamente para que así fuera. Nada más verlo, extendió los brazos en su dirección, lo cogió de las manos, lo abrazó y le dio dos besos. Cogiendo de nuevo sus manos, le dijo:

—Cariño, tenía tantas ganas de verte.

—Yo también estaba deseando verte, siempre te echo de menos, ya lo sabes.

—El presidente me cuenta lo terriblemente ocupado que estás capturando a esos gusanos que nos han quitado a Francesc.

—Sí, son días difíciles. ¿Cómo te encuentras tú?

—Desolada…, te puedes imaginar. El dolor causado es infinito... Tanto sufrimiento inútil. ¿Nos dejarán vivir en paz alguna vez esos locos? Y tú, cariño, ¿cómo lo estás pasando?

—Trabajando mucho, debemos conseguir que su crimen no quede impune y honrar su memoria —dijo Andreu.

—Ten muchísimo cuidado, prométemelo. Esos bárbaros disfrutarían haciéndote daño a ti también y, si a ti te ocurriera algo, yo no podría soportarlo. ¿Cómo está mi pobre niña?

—Intenta hacerse la fuerte, pero está hundida. No le es fácil aceptar la desaparición de su padre.

—Quería ir a verla, pero el presidente me dijo que le recordaría más a Francesc y no sería bueno para ella.

—Según la psicóloga, cualquier recuerdo en este momento es contraproducente. La rutina en nuestra casa, con los niños, le ayuda a no estar todo el día pensando en su padre. En unos días, mejorará —dijo Andreu.

El presidente los interrumpió, dándoles unas copas de vino.

—Bueno, ya está bien, Marta, deja a Andreu. Se debe relajar, trabaja mucho para aclarar el asesinato de Francesc. Le vendría muy bien pensar en otras cosas no relacionadas con eso. Todos hemos sufrido, pero es necesario mirar hacia delante, debemos ser los primeros en dar ejemplo a nuestro pueblo. Es nuestra obligación. No nos sumirán en la desesperación. Continuaremos con nuestras vidas.

Se sentaron en la mesa. La mujer del presidente detalló los planes de la asociación benéfica, presidida por ella, de ayuda a familiares de combatientes. Pretendía que las familias sintieran el apoyo y el cariño de todo el país.

—La próxima semana realizaremos un acto, en Lleida, de homenaje a las madres que han perdido a sus hijos.

—Ten cuidado con los esfuerzos, Marta, tu salud también es importante y debes cuidarte —dijo Andreu.

—La satisfacción al ver las miradas de agradecimiento de esas madres desoladas compensa con creces todos los esfuerzos realizados.

—Tienes un corazón de oro —dijo Andreu.

—Es lo menos que podemos hacer por nuestro pueblo. Es un pueblo agradecido y sabe apreciar lo que hacemos por él. Por eso es tan difícil de entender que pueda haber alguien apoyando a los asesinos de…

—Siempre habrá alguien descontento —interrumpió el presidente—. Es inevitable, por mucho que nos esforcemos. No podemos pretender contentar a cada uno. Nuestra obligación es trabajar para la mayoría del país, lo importante es el conjunto, la patria, no un individuo concreto. Nunca, pase lo que pase, debemos olvidar eso.

Durante el resto de la cena no se nombró más a Francesc. Cuando estaban en los postres, sonó el teléfono de Andreu. Después de hablar durante unos segundos, hizo una señal al presidente y ambos se levantaron de la mesa.

—Mi gente ha encontrado algo, debo regresar al ministerio.

—¿Buenas o malas noticias?

—No sabemos. Está relacionado con Marina, pero no tienen mucha información en este momento. Te cuento algo en cuanto tenga más detalles.

CAPÍTULO 14

CONFUSA

17 DE SEPTIEMBRE. JUEVES, 09:00

Marina estaba animada. Contar con alguien, no encontrarse completamente sola, la hacía sentirse mejor. La ayuda aún no era segura, pero había resuelto su problema de contactar con algún grupo de la resistencia. No era poco; en ese momento no podía pedir más.

En el trabajo, las relaciones continuaban igual. La mayoría de sus compañeros la evitaban, procuraban no tener mucho contacto con ella. Afortunadamente, estaba muy ocupada, era la última semana antes de sus vacaciones y debía cerrar algunas tareas muy urgentes antes de marcharse.

Su primera acción, en cuanto tuvo la oportunidad, fue dejar la carta en la mesa de Antó. Vigiló hasta asegurarse de que este la recogía y luego se centró totalmente en su trabajo.

Después de comer, recibió nuevamente en el móvil una entrada para el cine. Como la del día anterior, llegaba sin remitente, aunque ahora ya sabía quién la enviaba. Era para otra película a la sesión de las seis y media, en el mismo centro comercial. El día anterior, Antó insistió sobre ese procedimiento de contacto, lo consideraba un buen método para comprobar que no la seguían y proporcionaba seguridad para todos. Le recomendó relajarse y disfrutar de las películas. En el momento considerado más seguro, se pondrían en contacto con ella, dentro o fuera de la sala.

La última hora se estaba haciendo eterna. Carlos se acercó a su mesa e intentó nuevamente fijar una cita, pero ella evitó cualquier compromiso y, aunque estaba segura de no cumplirlo, quedó en llamarlo el sábado para quedar a comer. A las seis, salió rápidamente hacia el cine.

En la sala había mucho menos público que en la sesión del día anterior. Su asiento de la derecha también estaba libre y así permaneció el resto del pase. Repitieron el reportaje de la implantación del SiSPer para todos los ciudadanos. La película era una comedia intrascendente para jóvenes, ambientada en un campamento de verano en Estados Unidos. En este caso, no era necesario adaptar las imágenes a los países donde se proyectaba.

Terminó la película. No sabía el tiempo de espera hasta el contacto, así que, al salir, decidió visitar algunas tiendas, pero, antes de entrar en la primera, alguien tocó su espalda y, al volverse, vio a Sara, diciendo:

—No tienes tiempo de contestar mis mensajes, pero sí para ir de compras. ¿Me ocultas algún secreto importante? —y se abalanzó sobre ella, dándole un sonoro par de besos.

—¡Hola! —dijo Marina, totalmente confundida, pues no se lo esperaba. Se preguntó si Sara formaría parte de la resistencia o simplemente estaba comprando también en ese momento. Cualquiera de las dos opciones sería una extraña coincidencia y las casualidades no existían, como había comprobado en los últimos tiempos. Finalmente, consiguió reaccionar y dijo—: Tenía que hacer unas compras para las vacaciones.

—Más motivo para llamarme, porque tengo un plan para las vacaciones. Pero te lo cuento luego. De momento, podemos ir a algún sitio y me cuentas cómo van tus asuntos. ¿Te apetece un sándwich? Vamos a Pepe Verde, hacen unos vegetales riquísimos.

Sara la cogió del brazo y la llevó al restaurante. Cogieron una bandeja, pidieron dos sándwiches y unos refrescos. Se dirigieron a una mesa situada en la parte derecha del local. Nada más sentarse, Sara preguntó:

—¿Alguna noticia más?

—No, lo que ya sabes —en realidad, no tenía idea de lo que realmente sabía Sara, pero sospechaba que era mucho más de lo que ella le había contado.

—¿Has encontrado más información en Internet?

—Nada importante. Después del homenaje, encontré alguna reseña sobre el entierro. Luego la noticia desapareció, parece que ha dejado de tener interés para la prensa —dijo Marina.

—Pues yo tengo noticias —dijo Sara, bajando la voz y acercándose a ella—. De carambola, me he enterado de un tema interesante para ti... Un amigo de un amigo de… ya sabes… puede contactar con un familiar suyo en Cataluña, de alguna forma consiguen tener contactos regulares. Tal vez podría ayudarte.

Esa información la confundía aún más y decidió permanecer a la defensiva.

—¿Cómo podría ayudarme?

—Depende de ti. De la información que le podamos dar. ¿En estos años has recibido alguna información de tu hija, a través de ella, de su padre o de manera indirecta, a través de alguna otra persona? Tal vez una carta, una foto, un mensaje de correo... No sé, algún contacto, por nimio que sea.

—Sabes la respuesta: no. Te lo habría contado.

—Ya. Pero quiero decir en los últimos tiempos. Aunque no sea una información directa, alguna que te hiciera recordar a tu hija o Francesc.

—No sé muy bien a que te refieres, pero nada. Bueno... Roser siempre ha estado en mi pensamiento y cualquier cosa me la recordaba...

—¿Sabes con quién está tu hija ahora?

—¡No! ¿Cómo puedo saberlo? —respondió Marina.

—Estará con los padres de Francesc, ¿no?, al fin y al cabo, son sus abuelos.

—No, no... Bueno, sí..., supongo. Son muchos años sin saber nada de ellos, no sé cómo se encuentran...

Marina no estaba nada cómoda con esa conversación, le parecía más un interrogatorio; pero intentaba mantener la compostura. No sabía de qué lado estaba Sara e intentaba evitar decir algo comprometedor.

—Intenta recordar. Si le diéramos alguna pista, algún dato, tal vez mi amigo podría conseguir información acerca de tu hija.

Marina encogió los hombros y apretó los labios.

—Bueno, no importa —continuó Sara—. Si se te ocurre algo, dímelo, tal vez puedan ayudarnos de alguna forma.

Marina decidió pasar al contraataque:

—¿Cómo puede contactar con alguien de Barcelona?

—Siempre hay alguna forma de comunicarse. Por Internet directamente no es posible, pero a través de otros países con acceso desde la Federación Ibérica y Cataluña, siempre se pueden dejar mensajes en algún foro o algo similar.

—Estoy sorprendida, pareces muy experta en estos asuntos —dijo Marina.

—No, ni mucho menos, esto es un procedimiento muy conocido... Pero vamos al tema principal. Quería hablarte de una idea. He conseguido cambiar mis vacaciones y las empiezo el fin de semana, como tú. Se me ha ocurrido irme contigo a Plasencia, te podría ayudar a limpiar y preparar la casita. Hacerlo las dos juntas sería divertido.

—¡Oh! Sería estupendo —dijo Marina, intentando no reflejar en su cara sus pensamientos reales—, pero es imposible conseguir el permiso de desplazamiento en dos días. Normalmente, el plazo son 10 días, moviendo Roma con Santiago, es imposible bajar de una semana.

—¡Solucionado! Y… ¡me sobrará un día! —dijo Sara, riendo—. Tengo un buen amigo en el Ministerio, me debe unos favores. Me ha prometido conseguir la aprobación en un día. No me preguntes cómo lo hace, pero lo hace. Se lo he pedido hoy y mañana debería estar solucionado. En el peor de los casos, pasado mañana —terminó con una gran sonrisa mirando a Marina.

—Realmente estoy impresionada, nunca me contaste la existencia de amigos tan útiles. Pero piénsatelo bien. La mayoría del tiempo será limpiar, pintar y arreglar la casa. No es un plan apasionante. No se trata de una fiesta.

—¡Mujer! Será súper divertido. Las dos con un mono y un pañuelo en la cabeza, limpiando y pintando. ¿Te imaginas? Podemos hacernos unas fotos y enviarlas. ¡Seremos «trend-setters», todas querrán imitarnos y parecerse a nosotras! En serio, es algo diferente y me apetece ayudarte. Además, yo no tengo pueblo y me dais envidia quienes lo tenéis. ¡Me puedo hacer hija adoptiva de Plasencia, así tendré pueblo! —dijo, riendo nuevamente.

—Estupendo, mi billete de autobús es para el sábado a las nueve y media. Tienes un día. Si mañana consigues el permiso de viaje, saca el billete. —Marina, cada vez más confusa, trataba de aparentar normalidad. A pesar de las advertencias de Antó, a la mañana siguiente hablaría con él. Alguien debía aclarar el papel de Sara en todo esto.

—«No problem» —dijo Sara, exultante de alegría—. Voy a ser la mejor «ayudanta» de tu vida, no te arrepentirás. Espero alguna invitación a cerveza de vez en cuando.

Poco después se marcharon hacia el metro. Sara continuaba bromeando sobre las vacaciones juntas, aparentaba una alegría que resultaba difícil imaginar que fuera fingida. Cuando se separaron, prometieron llamarse al día siguiente para los últimos preparativos. Marina seguía con la idea de hablar con Antó por la mañana, nada más llegar a la oficina. Necesitaba una explicación urgentemente.

Llegó al portal de su casa, acercó el teléfono al lector para la apertura y la puerta se abrió. Antes de poder hacer nada más, dos hombres la empujaron dentro y uno de ellos le tapó la boca con la mano.

CAPÍTULO 15

ASUSTADA

17 DE SEPTIEMBRE. JUEVES, 23:00

Apenas podía respirar debido a la boca tapada, pero sobre todo por la impresión recibida. No pudo ni intentar defenderse, estaba bloqueada. Sin encender la luz del portal, la empujaron hacia el ascensor, cuya puerta se abrió. Uno de los hombres se quedó fuera, el otro entró con ella en el ascensor y, sin quitarle la mano de la boca, le dijo al oído:

—Permanece en absoluto en silencio.

Era una voz familiar: la de Antó. Siguió tapándole la boca con fuerza hasta después de entrar en su casa. Una vez cerrada la puerta y, sin soltarla, Antó le gritó al oído:

—¿Quieres ponernos en peligro a todos? ¿Quién era esa mujer?

—¿Qué? ¡Mierda…! ¡Estás loco…, has estado a punto de matarme del susto! —gritó a su vez Marina.

—¡Joder, esto no es un juego, me estoy jugando la vida por ti! ¿Quién era?

—¡Deja ya de gritarme y dime por qué narices me haces ir a la mierda del cine, no apareces y ahora me das este susto de muerte!

—Está bien —dijo ligeramente más calmado—, pero primero dime quién es esa mujer.

—Una amiga. La conozco desde hace años —decidió no contar más por el momento.

—¿A qué se dedica?

—Trabaja en un banco, en el departamento de personal, no sé exactamente qué hace —dijo Marina.

—¿Y qué hacía allí?

—¡Yo qué sé! Comprando, supongo. Fue una sorpresa, no la esperaba. Tú me enviaste la entrada, fui al cine y al salir me la encontré. No sabía si tenía relación contigo o no. No es culpa mía, me mandas ir a un sitio, no me cuentas nada, debo esperar la aparición de alguien, sin saber nada, ni quién aparecerá. No puedo comunicarme contigo en caso de emergencia. Y ahora me das este susto. Es estúpido. Explícame que ha pasado o no te digo ni una palabra más –dijo, indignada.

—Te siguió.

—¿Qué?

—Esa mujer te siguió todo el tiempo. Esperó en la puerta de tu oficina. Fue tras de ti hasta el centro comercial. Cuando entraste en el cine, se sentó en un bar vigilando el acceso y fue a tu encuentro en cuanto saliste de la sala.

—Es culpa tuya, si quedáramos de otra forma, en vez de esa estupidez del cine, eso no habría ocurrido.

—Esa estupidez, como tú dices, nos ha permitido descubrir a una supuesta amiga tuya siguiéndote. Cuéntame todo lo que sabe. ¿Qué le has contado? ¿Le has hablado de mí?

—No, hombre. No. Tengo más cabeza que vosotros. La conozco desde que vine a Madrid. Ella conoce mi vida y sabe lo de la muerte de mi exmarido. Hoy me ha comentado la posibilidad de conseguir información de mi hija a través de un conocido. También me ha propuesto venirse conmigo en las vacaciones para ayudarme. Yo tengo previsto ir a mi pueblo para arreglar una casa allí esos días.

—¿Habías notado alguna cosa extraña en su comportamiento últimamente?

Marina se quedó mirando fijamente a Antó durante varios segundos y dijo:

—Sí, bastantes... Voy a necesitar un tiempo para contar todo. ¿Quieres un café? —preguntó Marina.

Antó respondió afirmativamente, llamó por el móvil y, cuando le contestaron, dijo: «Está todo bien, puedes marcharte». Se sentaron en el salón y Marina relató cómo conoció a su amiga cuando llegó a Madrid, siendo un fuerte apoyo en los primeros tiempos. Últimamente la veía poco, pero fue ella quien la avisó de la muerte de su marido. Luego tuvo un comportamiento extraño y en cierto momento habló del suicidio de Francesc, cuando se suponía que no lo sabía nadie. Finalmente, le resumió el encuentro de esa tarde.

Antó hizo algunas preguntas y luego comentó:

—Evidentemente, no la hemos enviado nosotros. Es un hecho que te estaba vigilando, pero si fuera de la policía no se andaría con tanto cuidado. Si quisieran algo de ti, ya te habrían detenido. En cualquier caso, procura seguirle la corriente hasta conseguir más información y saber a qué atenernos. Tenemos una ventaja: ella no sabe lo que sabemos nosotros.

Hizo un gesto elevando las cejas y luego continuó:

—Lo siento, no queríamos asustarte, pero entiende, no somos profesionales de esto. Hacemos lo que podemos y debemos tomar medidas para protegernos. Pero tienes razón sobre la posibilidad de comunicarte conmigo en caso de emergencia... Hoy nos habríamos evitado malentendidos y reducido los riesgos.

—Yo también lo siento, pero te repito, otro susto como este y me matas. Yo, evidentemente, tampoco soy profesional —dijo Marina.

—Bueno, vamos a nuestro asunto, para lo que quería verte esta tarde. Informé del caso a mis amigos y les di la carta; ellos han hecho indagaciones y su conclusión es que tu historia es cierta. Para ser absolutamente sincero contigo, tú y tu hija no sois su prioridad, pero están muy interesados en conseguir esa información y dispuestos a arriesgarse por ella. Te ayudarán a rescatar a tu hija y os conseguirán una nueva identidad para que podáis vivir de forma anónima, posiblemente en Valencia o Alicante. ¿Te parece bien?

—¡Claro! —dijo sonriendo con alivio Marina—. Muchas gracias por tu ayuda.

—Solo ponen la condición de hacerlo a su manera: ellos se encargarán de rescatar a tu hija y conseguir la documentación. Quiero decir, tú no irás a Cataluña. Esto es innegociable. Me dices cómo conseguir los documentos y alguien te suplantará para recogerlos, ellos se encargarán de eso y también de rescatar a tu hija. Sin riesgo para ti y con más probabilidades de éxito. Para vosotras, el resultado será el mismo.

Marina se lo quedó mirando y, antes de responder, se puso en pie.

—No —dijo—. Si no voy yo, no hay documentos. Una vez que yo compruebe que mi hija está a salvo, os consigo los documentos o vais vosotros a por ellos, como queráis. Pero hasta que no vea a mi hija a salvo, no hay documentos. Esto también es innegociable.

—Créeme, lo siento, no hay posibilidad. Les dije que no aceptarías, pero está descartada la opción de ir tú. Demasiado riesgo.

—No me importan los peligros…

—Tú nos das…, les das igual. Hablamos del riesgo de nuestra gente, de los que deberían ayudarte. Lo lamento, es la última oferta, no me han dado más opciones. Y, sinceramente, es la opción más segura para ti, la mejor forma para ayudar a tu hija. Rescatarán a tu hija, la llevarán a Valencia o Alicante y luego te llevaremos a ti. Tendréis nuevas identidades, sabemos cómo proceder en estos casos, te lo puedo asegurar. Intentar llevarte a ti a Barcelona es una locura; unos u otros te atraparán.

Marina se quedó pensando. Estaba mostrando una seguridad solo aparente. Podía perder su única oportunidad de conseguir ayuda. Pero tenía claro que lo mismo que a ella solo le importaba su hija y le daban igual los documentos, a ellos solo les interesaban los documentos y no se jugarían sus vidas por su hija. Finalmente, dijo:

—Solo tendréis los documentos cuando yo tenga la absoluta seguridad de que mi hija está a salvo. Llevadme a mí a Barcelona o llevadnos a las dos donde sea, pero hasta no abrazar a mi hija, no soltaré una palabra sobre los documentos. Pensad en alternativas; si no, las buscaré yo. Existen, estoy segura.

CAPÍTULO 16

CHARLY

18 DE SEPTIEMBRE. VIERNES, 07:00

Andreu estuvo, la noche anterior, en su despacho, trabajando hasta muy tarde, pero llegó más temprano de lo habitual al Ministerio. Sus colaboradores ya le estaban esperando en la sala de reuniones anexa a su despacho. Dejó su maletín. Su secretaria le dio un café y se dirigió a la reunión. Al entrar, hizo un sonido ininteligible a modo de saludo. Por medio de un gesto, indicó al subsecretario de Seguridad que comenzara.

—Nos centraremos en los aspectos principales de la investigación y, fundamentalmente, a los que tienen un impacto más directo en el nivel de riesgo. Hoy podemos confirmar la peligrosidad para nuestras instituciones de las acciones emprendidas por el vicepresidente Baró, debido al elevado número…

—¡Basta! —gritó Andreu y, dirigiéndose al subsecretario, dijo—: Charly, no estás dando una mierda de conferencia de prensa ni un discurso. Al grano. Llevamos muchas horas trabajando y estamos agotados. Quiero revisar todos los aspectos, con información clara y concisa, no palabrería. ¿Conocemos ya toda la información reunida por Francesc?

—Lo siento ministro… Voy al grano —dijo el subsecretario azorado—. Casi en el cincuenta por ciento, la tenemos, y es muy preocupante. Disponemos de copias de los informes encargados a diferentes grupos... La información contenida es crítica. En determinadas manos, pondría en serio peligro nuestro sistema. Acerca de la información personal, lo mínimo que causaría sería el desprestigio de nuestros dirigentes y enfrentamientos entre ellos —cogió una carpeta azul y se la dio al ministro.

—Sobre la información personal —dijo Andreu—, aísla a todos aquellos que la conocen, sin excepciones. No se puede filtrar ni un ápice de esa información, si no está controlada por nosotros. En relación con la información de seguridad, es fundamental evitar su distribución. ¿Lo hizo o no?

—Estamos casi seguros de…

—«Casi seguros» —interrumpió impaciente Andreu—. ¿Qué significa? ¿Lo hizo o no lo hizo?

—Creemos... No, no la distribuyó. Cuando cayeron sus contactos, estaba negociando con ellos, no conocemos qué negociaba, pero estaban en el proceso. Pudo haberles dado una mínima parte para comprobar la calidad de la información, pero en cualquier caso una parte poco significativa. Los cogimos antes, lamentablemente murieron y no pudimos completar la investigación. Eso, y las investigaciones internas lanzadas, le convencieron de que estábamos a punto de atraparlo.

—¿Y la información está localizada?

—De la confirmada, hemos localizado la mayoría de los informes, pero creemos… Digo…, tenemos el absoluto convencimiento de que guardó, al menos, una copia.

—¿Dónde está esa copia?

—No está localizada, en este momento no tenemos ninguna pista para determinar…

—¿Tenía algún contacto más? ¿Alguien a quien pasar la información? —interrumpió tenso Andreu.

—Intentó contactar con su exmujer: encontramos parte de un mensaje, pero he de confesar que no sabemos si lo consiguió o no.

—¿Qué dice nuestra gente en Madrid? ¿Tienen alguna información? —preguntó, dirigiéndose ahora al jefe de los servicios de inteligencia: un hombre joven con unas gafas redondas, que le daban un aspecto de intelectual.

—Tenemos a su exmujer controlada, sabe que ha muerto, pero su muerte no le ha afectado. Está muy inquieta por la hija, es su única preocupación.

Andreu se levantó, caminó hacia el centro de la sala y dijo:

—No es mucho. Este asunto es crítico, no sé si sois conscientes de la importancia vital que tiene para nosotros... ¿Sois conscientes? —no esperó respuesta antes de continuar—. Se voló la cabeza hace una semana y el avance en las investigaciones es muy pobre. No lo puedo entender. ¿Tenéis alguna limitación para conseguir información? ¿Necesitáis recursos? —todos permanecieron en silencio—. Entonces, ¿por qué no tenemos más? ¿Por qué no conocemos exactamente lo ocurrido?

Se quedó callado, regresó a su sitio y se sentó. Después de abrir una botella de agua y beber, continuó hablando.

—Si no necesitáis nada más, si lo tenéis todo..., ¡conseguid de vuestros contactos hasta el más mínimo detalle! Coged a la gente cercana a ese capullo y estrujadlos hasta que suelten la última gota de información. Ahora, preparadme una copia de estos informes y un resumen de la situación para el presidente. Dentro de una hora tengo una reunión con él.

Se levantó y se marchó sin decir nada más. Cincuenta minutos después, salió del Ministerio hacia el Palacio Presidencial.

Entró en el despacho del presidente, le entregó la documentación y le hizo un resumen de la situación y de las medidas tomadas.

—¿Podemos impedir la distribución de esta información? —preguntó el presidente.

—Sí, si conseguimos averiguar cómo pretendía hacerlo.

—Es fundamental parar esto, haz lo que sea.

El presidente revisó los documentos entregados por Andreu, hizo algunos comentarios y le pidió alguna aclaración. Cerró la carpeta y continuó:

—Y Marina, ¿qué pinta en todo esto? ¿Había mantenido algún contacto con ella? Quiero decir si, durante estos años, alguna vez se comunicó con ella.

—No. Estoy completamente seguro de que no se habían comunicado.

—Podría seguir enamorado. En su tiempo Marta solía decir que nunca había visto a un hombre tan pillado, y tiene muy buen ojo para esas cosas, créeme... ¿Hablabais alguna vez sobre ella?

—No, Nunca. Y no creo que estuviera enamorado, realmente había estado encoñado y la había reemplazado con ventaja, te lo puedo asegurar. Lo tenía totalmente superado —dijo Andreu.

—Entonces, ¿para qué quería comunicarse con ella ahora? ¿Por la niña? ¿Pensaba enviarla con su madre? —preguntó el presidente.

—Sí, estoy casi seguro. Como te dije, en los últimos tiempos le habló mucho de su madre. Aparentemente la estaba preparando. Le he preguntado si le dijo algo sobre la posibilidad de verla, pero no, solo cosas como lo mucho que la quería, lo guapa que era, actividades que hacían cuando Roser era niña y que se había marchado en contra de su voluntad. Si no iba a ver a su madre, ¿para qué todo eso?

—Solo la propia Marina nos lo podrá aclarar.

—Estoy completamente de acuerdo. Ella nos lo aclarará —sentenció Andreu.

CAPÍTULO 17

AGENTE

18 DE SEPTIEMBRE. VIERNES, 07:30

Marina se levantó antes del amanecer. Llevaba mucho tiempo despierta y se sentó en la oscuridad de la habitación. No podía dejar de mover las piernas.

Recordaba la conversación de la noche anterior. Marina no cambió su decisión, pero no estaba segura de poder mantenerla. Antó insistió una y otra vez en que era la única posibilidad de salvar a Roser. A pesar de todo, prometió intentar una vez más convencer a sus colegas para que reconsideraran su propuesta. No le dio muchas esperanzas y la apremió para que aceptara la suya, pues el tiempo era un factor crítico en la vida de su hija.

Acordaron un método de comunicación. Si quería hablar con él, lo llamaría y quedarían en un punto de encuentro previamente fijado. Debían evitar hablar por el móvil y, por supuesto, decir nada comprometido. Por seguridad, le pidió memorizar el número del móvil y no grabarlo en la agenda del teléfono. En el caso de cambiar de opinión, debía llamarlo lo antes posible y simplemente decirle «de acuerdo»; con eso él pondría en marcha internamente todos los procesos. Luego Antó la llamaría para reunirse con un colega al que tendría que dar los detalles de cómo recuperar los documentos.

Varias veces comenzó a marcar el número con la idea de decir «de acuerdo», pero lo máximo a lo que llegó fue a la cuarta cifra. Su única baza eran los documentos. Sin ellos, nadie le ayudaría; cuando los tuvieran no correrían riesgos para salvar a Roser. Era lo único que tenía para negociar con quien fuera. Si lo perdía, no tenía absolutamente nada. Por otra parte, la propuesta de Antó era su única posibilidad real en ese momento; también podría perderla y entonces tampoco tendría nada.

Finalmente, decidió esperar un cambio en la posición de los amigos de Antó o que surgieran nuevas oportunidades. La actitud de Sara indicaba que alguien más estaba interesado en ella.

Llegó a la oficina; era su último día de trabajo antes de las vacaciones. Antó, en su papel, actuaba como si ella no existiera. El resto de sus compañeros procuraba evitarla, aunque no había ninguna actitud agresiva. La única persona que hablaba con ella, Carlos, no trabajaba ese día. Hubiera dado lo que fuera porque alguien la buscara para charlar. Se sentía absolutamente sola; era una sensación casi física, la notaba desde las rodillas hasta el estómago. Se concentró en terminar los trabajos que debía cerrar antes de las vacaciones, pero una y otra vez se sorprendía pensando en que, si no acudía a su lado, su hija moriría. ¿Cómo no podían entenderlo? ¿Por qué no la ayudaban? Comió en la vacía sala de la cafetera. No se atrevió a salir al parque.

Por la tarde, se cruzó con Antó. En contra de su actitud habitual, se quedó mirándola fijamente e hizo un casi imperceptible movimiento de negación con la cabeza. Ella no movió un solo músculo, pero Antó vio claramente lo que su cara decía. La extraña sensación que le subía desde las rodillas al estómago se intensificó.

Estaba terminando de ordenar los papeles en su mesa cuando su móvil sonó.

—¿Sales de una vez? —era la voz de Sara—. Te estoy esperando en la calle.

Para terminar un día memorable, la única persona con la que podía hablar era quien le había estado vigilando el día anterior y posiblemente engañándola durante los últimos años. Pero Antó debía estar en lo cierto, casi con seguridad no era de la policía; tal vez la podría ayudar de alguna forma. Por el momento, seguiría aparentando normalidad con ella hasta descubrir lo que pretendía. Estaba en una situación tan mala que era difícil empeorarla. Terminó de recoger y salió del trabajo.

En la puerta del edificio esperaba su amiga que, nada más aparecer, la cogió de la mano y, tirando de ella, dijo:

—Vamos, perezosa, no tenemos todo el día. He estado comprando unas cosillas para las vacaciones. También he comprado algo para ti, te encantará, ya verás. Vamos a mi casa, te lo pruebas, dejamos todo esto mío y luego si quieres te ayudo a hacer tu maleta y celebramos el inicio de las vacaciones tomándonos algo. Yo ya tengo mi maleta medio preparada.

—Parece que has solucionado el tema del permiso.

—¡Sííí! Permiso y billete. Ese chico es un encanto y muy servicial. Si algún día me caso, será con alguien así, para que me trate como una reina, pero no con este, habla mucho y yo necesito a alguien más callado para que me escuche —dijo Sara, sin poder evitar una carcajada—. Vámonos rápido, estoy deseando enseñarte mis compras. Por cierto, no tienes cara de vacaciones, deberías cambiarla. Ha llegado el momento de disfrutar y tenemos dos semanas completas.

Recorrieron en metro las tres estaciones que las separaban de Embajadores. Sara había reformado un antiguo almacén, convirtiéndolo en una original vivienda. Constaba de dos partes: la inferior era un gran espacio diáfano de 6 metros de altura, con pequeños ventanales en la parte superior, que utilizaba como garaje, trastero y gimnasio; la superior consistía en la vivienda propiamente dicha, con dos habitaciones, una cocina, un baño con una bañera redonda y un inmenso salón con grandes ventanales que daban al cercano parque del Casino de la Reina. Se accedía a la planta superior por medio de una empinada escalera metálica, la original del antiguo almacén. Sara decía que, en cuanto tuviera dinero, instalaría un ascensor para subir. A Marina le encantaba la vivienda, sobre todo el salón con las paredes ocres pálido, las puertas y las grandes ventanas blancas. Con la decoración minimalista, transmitía una sensación de tranquilidad y equilibrio.

Al subir cargadas de bolsas por las escaleras metálicas, Sara repitió su promesa de instalar ese año el ascensor sin falta. Entraron en la vivienda, dejaron las bolsas sobre la mesa del salón, menos dos de ellas, que Sara dio a Marina.

—Toma —dijo Sara—, pruébatelo, te encantará. Dame dos minutos, voy al baño —y salió del salón.

Abrió las bolsas. Una contenía una camisa color mostaza y la otra, un pantalón negro. No pudo evitar sonreír. La noche anterior, mientras cenaban juntas, vio a una jovencita con un conjunto similar y dijo que le encantaba. Empezaba desabrochar la camisa para probársela, cuando oyó a Sara detrás de ella, pero su voz no sonaba como siempre.

—Lo siento, no tenemos tiempo —dijo, mientras la apuntaba con una pistola. Siguió hablando en un tono seco, muy diferente del que solía utilizar—. Siéntate en aquella silla junto a la pared y escúchame con mucha atención; tu vida y la de tu hija dependen de ello.

Obedeció. Estaba extrañamente tranquila. De alguna forma, estaba esperando que algo ocurriera. Se sentó y aguardó a que su amiga continuara hablando.

—No es momento de sentimentalismos, si no de ser prácticas. Yo no soy la persona que tú creías, aunque puedo ayudarte con lo que más deseas. Pero es fundamental que te quede absolutamente clara una cosa: no dudaré ni medio segundo en matarte en caso de necesidad y me sobra práctica para hacerlo, te lo puedo asegurar. ¿Lo has entendido?

Marina afirmó con la cabeza. Sara se sentó en el otro extremo, junto a la mesa, y dejó la pistola delante de ella.

—Trabajo para el gobierno de los Países Catalanes, siempre he trabajado para ellos. Hace años, cuando viniste a Madrid, me encargaron vigilarte, controlarte por si hacías algo perjudicial para sus intereses. Fue muy fácil hacerme amiga tuya; estabas sola y desesperada y, lógicamente, eso facilitó enormemente mi trabajo. Pero déjame aclararte que para mí ha sido un placer estar contigo, eres una persona tranquila y agradable, solo he tenido que actuar como una amiga y ofrecerte el hombro de vez en cuando. Un goce, comparado con otros trabajos, no te puedes hacer ni una remota idea de algunas cosas que he tenido que hacer.

—¿Fue idea de mi marido?

—Creo que no, trabajo para el entorno del ministro del Interior, pero sinceramente no te puedo asegurar si tu marido lo sabía o no. Al principio, tenía que informar de ti todos los meses, pero a medida que pasó el tiempo y se fueron convenciendo de que no representabas ningún peligro, los informes se fueron espaciando. En los últimos tiempos, mi trabajo solo consistía en mantener el contacto activo por si algún día era necesario retomarlo, lo que ocurrió con la muerte de tu marido. Después de eso, me ordenaron estar pendiente de ti, luego siempre a tu lado y, finalmente, hoy, llevarte a Barcelona.

—¿Qué?

—Llevarte a Barcelona —repitió Sara—. Realmente me han dado tres opciones, por orden de preferencia, para mis jefes y también para mí. Son: llevarte voluntariamente, llevarte a la fuerza o matarte. No hay más alternativas. Perdona por ser tan brusca, pero no disponemos de mucho tiempo, debemos ponernos en camino hoy.

—Parece que no tengo elección —dijo Marina.

—Por supuesto que la tienes, pero la elección solo puede ser entre una de esas tres opciones.

—¿Qué haría yo en Barcelona?

—Por Dios, Marina, no preguntes eso... Lo que has soñado hacer siempre, lo único que ha estado en tu cabeza estos años, día tras día: estar con tu hija. No te ha importado nada más, ni tu vida ni de la vida de los demás. Todo te ha dado igual, no te has sacado a tu hija de la cabeza ni un segundo, has vivido en el pasado. Tu vida se congeló el día que te echaron de allí, ahora tienes la oportunidad de volver a vivir.

—¿Por qué queréis que vaya a Barcelona? ¿Qué interés pueden tener en mí después de tantos años?

—Yo solo soy..., digamos, el brazo ejecutor. Y no lo sé, no me dan explicaciones de los encargos. Querrán algo de ti, o algo que tú puedas saber de tu ex o tal vez piensen que tu hija te necesita. Pero, si me permites mi opinión, será bueno para ti; puedes recuperar tu vida. Aquí no te has integrado, no tienes nada. Tu relación más cercana soy yo, que, digamos, soy «una amiga de alquiler». ¿Qué pretendías? ¿Seguir aquí lamentándote por la pérdida de tu hija el resto de tu existencia? Pensando en lo que estaría haciendo: ahora se habrá casado…, ahora tendrá hijos… y lamentarte por no conocerlos. Y cuando te retires, te irás a tu pueblo a morir sola en esa casa que íbamos a pintar. ¿Realmente deseas eso o quieres recuperar la vida que te quitaron hace años, la única que realmente quieres vivir?

—En cualquier caso, imaginemos que me levanto ahora y me voy. ¿Serías capaz de matarme para detenerme?

—Fue mi primer aviso. Lo siento, me caes bien de verdad. Eres un encanto, si hubiera podido elegirte libremente como amiga, te habría elegido. Pero te insisto, no dudaría ni medio segundo si tuviera que matarte, no me pongas a prueba. Tú, para mí, lo primero que eres es un encargo, y yo siempre cumplo los encargos.

—Si voy, ¿me asegurarían estar con Roser? ¿Cómo viviríamos?

—Antes de tres días estarás abrazada a ella, te lo garantizo. Vivirías como a mí me gustaría: integrada en las clases altas, con los problemas resueltos, con todo lo que quieras. Volverás a tu antigua vida, la única diferencia es que no estará tu ex, pero mejor, ¿no? Te podrás dedicar a las bellas artes otra vez, no a una mierda de trabajo como tienes ahora. Deberás acostumbrarte a disfrutar de la vida otra vez… Pero eso no es muy difícil. Con un poco de esfuerzo, lo conseguirás seguro —dijo Sara sonriendo y guiñando un ojo—. Formarás parte de la élite, serás la viuda de un padre de la Patria y madre de su hija.

—Tendré que pagar un precio, supongo…

—Un precio fácil de pagar. Como todo el mundo, simplemente colaborar. Actualmente, todos tenemos que colaborar, ¿no? Sea cual sea tu posición. Presumo que te quieren allí para asegurarse el control de cualquier información de tu ex. Luego solo tienes que ser leal con el gobierno. Representar fielmente el papel de viuda de un héroe, asistir a los homenajes y aniversarios y, tal vez, presidir alguna organización benéfica; así el pueblo notará cuánto os preocupáis por ellos.

—¿Sabes algo de Roser? ¿Cómo está?

—Lógicamente, muy triste, estaba muy unida a su padre. También muy sola, los abuelos murieron hace unos años. Pero está bien, es una chica sana e inteligente. Me han contado que es muy buena deportista y disfruta jugando al baloncesto. Su padre procuraba no perderse ningún partido. Recuperar a su madre compensará con creces la pérdida del padre y eso ahora está en tus manos; hazlo por ella.

—Está bien. ¿Qué debo hacer?

—Colaborar. El riesgo es máximo mientras estés en España. Si caemos en manos de la policía, estamos perdidos, tú y nosotros; cuando pases a los Países Catalanes estarás a salvo. Debes hacer exactamente lo que te digamos y seguir al pie de la letra unas normas. La primera: a partir de este momento no puedes hablar con nadie que no sea yo o alguna de las personas que te acompañará a Barcelona. Por ningún medio: ni en persona, ni móvil, ni mensajes. La segunda es no olvidar en ningún momento que solo tienes dos opciones: en tres días estarás en Barcelona o estarás muerta. No más posibilidades. Déjame aclarar este último punto, es importante. Por ejemplo, si ahora mismo te pones enferma y empiezas a echar espuma por la boca, te rompes una pierna o cualquier otra cosa que te impidiera viajar, no te ingresaría en un hospital, te volaría la cabeza y habría terminado mi encargo. Cualquier situación que signifique que no puedas llegar por la causa que sea, aunque no sea culpa tuya, termina con tu muerte. ¿Lo entiendes?

—Sí.

—Siento ser tan ruda, pero es por tu bien. Debes asumir la situación: solo es blanco o negro. Debes colaborar para que sea blanco, pues tú eres la primera interesada.

—Entendido, puedes contar con mi colaboración. ¿Vendrás tú conmigo? —preguntó Marina.

—No, pero estarás en buenas manos. Hay gente más experta que yo en esa tarea. Esta noche dormirás en casa de unos amigos. Por la mañana saldréis hacia Valencia y luego a Castellón. Te darán un móvil con una nueva identidad, tendrás los permisos para viajar y los billetes. Podrás moverte sin peligro, como si fueras otra persona. Organizarán alguna forma segura de pasar la frontera y luego, en los Países Catalanes, todo será mucho más fácil, estarás en casa y viajarás en coche oficial.

Sara hizo unas llamadas, dio algunas instrucciones y luego continuó hablando con Marina.

—Ahora iremos a tu casa, prepararás una maleta pequeña con tus cosas más importantes y dejarás la casa lista, como si te hubieras marchado de vacaciones. Alguien se hará pasar por ti y se marchará a Plasencia en tu lugar. Nadie te echará de menos durante unos días. Desde tu casa, te llevaré a la de los amigos que te he indicado y mi parte habrá terminado. Saldremos cada una de la vida de la otra. ¿Alguna duda?

—No. Estoy preparada. Bueno, a pesar de haber sido «una amiga de pago», como has dicho, decirte que he pasado muy buenos momentos contigo y me ayudaste mucho en situaciones de desesperación, sobre todo al inicio. De verdad, has sido la mejor amiga del mundo. Gracias. Es una sensación extraña, parece que estoy cerrando una parte de mi vida que simplemente había sido como un paréntesis —dijo Marina sonriendo.

—Te puedo asegurar que también fue un placer para mí. ¡Ojalá todos mis trabajos fueran como el tuyo! Tranquilo y placentero. ¿Sospechaste algo alguna vez? —preguntó Sara, levantándose y guardándose la pistola en el pantalón.

—No, nunca. Excepto esta última semana. Después de tanto tiempo sin verte parecía que no te querías separar de mí, preguntándome continuamente. Me parecía extraño y me tenía confundida.

—No tenía opción, me presionaban mucho y no pude tomar precauciones —miró el reloj y dijo—: Está bien, momento de marcharnos. Recuerda no hablar con nadie y hacer exactamente lo que te digamos, así todo irá bien y en unos días estarás disfrutando de tu hija.

Estaban saliendo, cuando Sara se volvió, cogió las dos bolsas con la ropa que había comprado para Marina y se las dio, diciendo:

—Toma, póntelo el primer día que veas a tu hija, en recuerdo de los buenos momentos que hemos pasado juntas.

—Así lo haré, te lo prometo. Espero que sea muy pronto —luego se paró y preguntó a su amiga—. ¿Por qué haces este tipo de trabajo?

—Por dinero —contestó sin dudar Sara—, lo pagan asquerosamente bien. Lo podría revestir de encanto, decir que por la emoción, que en ocasiones es muy interesante; pero es mentira, la mayoría de las veces hago cosas que me repugnan; solo el dinero lo compensa. Me gusta vivir bien, con esto puedo permitírmelo.

Empezaron a bajar las escaleras metálicas. Marina iba delante y giró la cabeza para sonreír a Sara con comprensión. Entonces pisó mal y estuvo a punto de caer. Su amiga le dio la mano para evitar que cayera. Marina agarró firmemente su mano. En ese momento, tiró de ella con rabia, con todas sus fuerzas, ante la cara de sorpresa de Sara, que cayó rodando y quedó tendida, inmóvil, al final de las escaleras metálicas. Marina apenas podía respirar, oía su corazón latir con violencia y notaba las pulsaciones fuertemente en la cabeza, que parecía a punto de estallar. A pesar de ello, bajó corriendo las escaleras, saltó por encima del cuerpo tendido, abrió la puerta de la calle y salió.

CAPÍTULO 18

DESESPERADA

18 DE SEPTIEMBRE. VIERNES, 19:30

Nada más salir de la casa, Marina tuvo que pararse y hacer esfuerzos para que el aire entrara en sus pulmones. El corazón le seguía latiendo violentamente. En cuanto empezó a recuperarse, se encaminó hacia el parque cercano. No sabía el estado de Sara; podría salir tras ella en cualquier momento, pero necesitaba sentarse. Las piernas le temblaban y no tenía fuerzas. Eligió un banco desde donde podía vigilar la puerta de la casa. Observó a su alrededor. En el parque había una extraña mezcla de niños recién salidos de un colegio cercano y perros a los que sus dueños habían llevado a pasear. Una vez recuperado el aliento, sacó el móvil y, sin dejar de vigilar la puerta, marcó el número que había memorizado de Antó. Cuando contestó, dijo:

—Necesito verte urgentemente. No, no es eso... Ha ocurrido algo, estoy en peligro —escuchó unos segundos, antes de continuar—. Sí, veinte minutos. Por mí perfecto, estoy muy cerca —y cortó la llamada.

El lugar acordado para reunirse en caso de necesidad era una plaza donde se encontraba la entrada principal del Museo Nacional de Arte Moderno María Garzón, llamado así en honor de la esposa del presidente Orellana, que era una gran amante de las artes, con una vida dedicada a labores de ayuda social. El museo estaba situado muy cerca de la estación de trenes de Atocha, la principal de la ciudad, con metro y paradas de varias líneas de autobuses en las cercanías. Era un lugar muy transitado y punto de encuentro muy habitual por esa zona de Madrid.

Se marchó del parque sin dejar de vigilar la puerta de casa de Sara hasta el último momento. A paso rápido, se dirigió hacia el museo por el camino más concurrido, la ronda de Valencia, comprobando frecuentemente que no la siguiera nadie. En poco más de cinco minutos llegó al punto de encuentro, pero no se detuvo. Continuó caminando, a ritmo rápido y vigilando que no la siguieran, hasta llegar a la cercana plaza de Neptuno. Entonces volvió sobre sus pasos, regresando al museo. Llegó a la vez que Antó.

Nada más verlo, le hizo un rápido resumen de lo ocurrido con Sara, y le pidió ayuda.

—Vendrán a por mí, me lo avisó varias veces. Si no es ella, serán otros. Y si no, me detendrá la policía de la Federación. Si está muerta, comprobarán que he sido yo quien ha estado con ella. Necesito que me digáis cómo puedo moverme. No os pido que os pongáis en peligro por mí. No me llevéis a ningún sitio; pero, por favor, necesito medios para hacerlo yo, para poder desplazarme con seguridad. Sara habló de darme un móvil con el que suplantar otra identidad. ¿Podéis vosotros conseguir algo similar?

—Tu situación es realmente delicada —dijo Antó nervioso—. Como dices, si esa mujer ha muerto, la policía te localizará; si no, ella o sus compañeros irán a por ti. Te habíamos ofrecido una solución, era lo mejor para ti y tu hija, si hubieras aceptado… Ahora todo se ha complicado y…

—Hoy todos quieren lo mejor para nosotras —le interrumpió Marina—. Sara también me ofreció lo mejor: una vida tranquila y feliz junto a mi hija. ¿Me lo tenía que creer? Lo único real ahora es que, si me detienen o me matan, perdéis los documentos para siempre y… mi hija también estará perdida. Necesito alguna forma de pasar inadvertida y poder moverme. Por favor, ayudadme.

—Está bien, pero no puedo darte la respuesta ahora, necesito un par de horas para consultarlo —miró el reloj y continuó—. Dame la dirección exacta de la casa de tu amiga. Intentaremos vigilarla.

Marina se la dio y Antó siguió hablando:

—No vayas ahora a tu casa. Nos vemos en la mía: pasaje Can Menor, 18, 5ºB. Asegúrate de que no te siguen. Aléjate de aquí en metro, luego coge cualquier autobús con no muchos pasajeros, date un par de vueltas por ahí, siempre comprobando que no te sigue nadie, y a las nueve y media en mi casa, pero solo si tienes la absoluta seguridad de que no te siguen. ¿Entendido?

—Sí. Muchas gra…

—Vámonos inmediatamente —la interrumpió—, cada segundo cuenta. Nos vemos en dos horas.

Marina fue hacia la cercana estación de metro. Después de pasar la barrera de acceso, se quedó unos minutos apoyada en la pared, mirando hacia la entrada para comprobar si alguien la seguía. Tomó el metro hasta la estación de Sol, y allí, siguiendo las indicaciones de Antó, un autobús. Todas esas precauciones solo servían para evitar que Sara o sus amigos pudieran seguirla. En el caso de que la buscara la policía, daba igual; estaba localizada, en cualquier caso, con el móvil. Se sentó en la parte trasera, observando a todos los pasajeros. Tenía una sensación extraña: estaba centrada en ese instante, el pasado ya no le importaba y el futuro más inmediato era impredecible. Su vida había saltado por los aires nuevamente, pero esta vez estaba decidida a mantener la cabeza y el corazón en el presente.

El autobús circulaba paralelo al parque del Retiro y pasó por delante de un hospital militar de quemados, que en el pasado había sido un hospital infantil. Pulsó el botón de solicitud de parada justo cuando llegaban a la situada frente al hospital. El autobús tuvo que frenar en seco para no pasarse la parada. El conductor giró la cabeza y la miró de una forma hosca. Solo se apeó ella. Aún faltaba casi una hora y media para la cita en casa de Antó. Entró en el parque. A pesar de estar casi segura de no ser seguida por nadie, se mantuvo vigilante durante todo el recorrido. Veinte minutos antes de la cita, salió del parque y se dirigió a la casa de Antó, la cual estaba en un estrecho callejón detrás de una iglesia.

En cuanto abrió la puerta, Marina supo que las noticias serían buenas. La cara de alivio de Antó lo delataba.

—Pasa —cerró la puerta y añadió—: Te ayudarán, de momento intentarán protegerte y ya se verá el tema de los documentos y tu hija.

—Gracias, Antó, sin tu ayuda estaría muerta…

—Vamos, no te pongas dramática, solo he hecho de intermediario. ¿Te has asegurado de que no te seguían?

—Seguro que no, tengo tortícolis de tanto girar la cabeza. ¿Podré ir a Barcelona?

—No quieres perder tiempo, ¿eh? Es necesario tener un poco de paciencia. Todo ha sido muy precipitado y no se ha podido preparar un plan detallado. Por el momento, es necesario mantener el viaje previsto a tu pueblo. No hay tiempo de organizar algo para cubrirte adecuadamente. Al menos, hay que tratar de que pases desapercibida y la mejor forma es haciendo lo planificado; si no, tu móvil te delatará.

—Pero Plasencia está en la dirección contraria y mi plan de vacaciones es estar allí diez días... ¿No podré moverme?

—En dos horas, desgraciadamente, no se puede preparar un plan. Tu viaje no podemos evitarlo, no puedes cancelar tu desplazamiento con tan poco tiempo ni podemos encontrar a alguien que te sustituya inmediatamente. Además, debes mantener las rutinas; si las cambias, podrían sospechar de ti. Y lo último que nos interesa es una revisión en detalle de tus movimientos de los últimos días o alguien vigilándote a partir de ahora. Por tanto, lo mejor es hacer lo previsto mientras organizamos una alternativa.

—¿Sabéis algo de Sara? No me quito de la cabeza la imagen de su cuerpo tendido al final de la escalera.

—No sabemos nada. Hemos puesto vigilancia en la casa hace una hora; no ha entrado ni salido nadie. También hemos estado controlando tu casa, no parece haber nadie rondando por allí. Pasarás la noche aquí por precaución, pero primero iremos a dejar preparada la casa y tu equipaje para el viaje. Tomarás el autocar hacia Plasencia mañana, como tenías previsto. Es todo lo que yo sé en este momento. Ahora nos vamos a tu casa, no disponemos de mucho tiempo.

En el camino, Antó le dio algunos detalles. Dos personas vigilaban la casa y, si observaban algo extraño, los avisarían. Debía preparar la maleta para el viaje, pero lo más importante, tenía que eliminar de la casa cualquier rastro que delatara su intención de ir a Barcelona y el haber recibido un mensaje de su exmarido. Le hizo notar que era la última visita a la casa y que, probablemente, tarde o temprano la policía entraría para revisar a fondo todas sus cosas. Le recomendó eliminar cualquier objeto o información personal que pudiera ser usado de alguna forma contra ella o que facilitara su identificación. Remarcó «eliminar». Le pidió que no guardara nada personal. Iba a empezar una nueva vida y sería muy importante que no la relacionaran con la actual. Sería otra persona y no debía haber ninguna relación entre la actual y la nueva.

Al salir del metro, Antó se quedó por los alrededores, por si necesitaba algo. Quedaron en verse en una hora en la entrada del metro. Cuando él se marchó, ella aceleró el paso. Llegó a la casa, seleccionó la mejor ropa de su armario e, inmediatamente, comenzó a hacer la maleta; esa fue la parte fácil, terminó en unos minutos.

Luego inició la limpieza de recuerdos. No existían de los últimos años. Su vida quedó parada diez años atrás, aunque no había querido reconocerlo, pero esa tarde los comentarios de Sara fueron como una bofetada a los últimos años de su vida. Su amiga la conocía muy bien y le ofreció lo que estaba segura jamás podría rechazar, el único camino para volver a la vida después de diez años. Sara se equivocó, ya estaba viva nuevamente.

Quitó de la pared cuadros con fotografías de su hija con diferentes edades, desde unos días a los cinco años; con ella en brazos, jugando... Hizo lo mismo con sus dibujos, hechos en el colegio con lápices de colores: un supuesto conejo, tres figuras de la mano, una niña, círculos de colores representando flores... todos recuerdos de su hija. Los estuvo mirando cada uno de los días de los diez años de su no-vida. Rompió las fotografías y dibujos, puso los trozos en una bolsa; dejó los marcos, vacíos, colgados en su sitio. Cuando terminó, se quedó sorprendida del número de cuadros vacíos en la pared;

no había sido consciente de tener tantos, a pesar de mirarlos cada día.

Buscó un viejo diario, guardado en una cómoda de su habitación; lo empezó a escribir al poco tiempo de llegar a Madrid, lo abandonó al cabo de dos años. Comenzó a leerlo: no contaba nada de lo que hacía esos primeros días, solo contenía recuerdos de su vida anterior y lamentos. Hojeó el resto, todo era similar, no era realmente un diario, eran sollozos por la vida que había perdido. Arrancó las hojas, las rompió en pedazos y los tiró a la bolsa con el resto de la basura.

Miró el reloj, era hora de marcharse. Echó un último vistazo a la casa antes de salir y se quedó mirando los marcos vacíos colgados de la pared. Sacó el teléfono, marcó el número de Antó y dijo:

—Necesito un poco más de tiempo. Nos vemos en el metro en quince minutos —colgó antes de recibir respuesta.

Cogió ropa nueva y se dio una ducha muy caliente antes de salir.

CAPÍTULO 19

INICIADA

18 DE SEPTIEMBRE. VIERNES, 22:00

De regreso a casa de Antó, lo primero que descubrió fue precisamente que no era la casa de Antó. Solo fue el principio; esa noche conoció un mundo nuevo para ella.

—Disponemos de viviendas seguras, las utilizamos como escondite —dijo Antó—. Son lugares fáciles de vigilar y controlar. En ellos nos aseguramos de estar libres de vigilancia. Si detectamos indicios de haber sido descubiertos, los abandonamos. Los utilizamos en caso de cualquier actividad de riesgo, manteniendo una vida normal en nuestras casas y lugares de trabajo. El objetivo es protegernos a nosotros y a nuestras familias.

—¿Quiénes sois?

—Gente corriente de todo tipo. Desde un panadero a un ingeniero, un médico o un ama de casa. A algunos pocos se les ha dado una nueva identidad, pues estaban en peligro, pero la gran mayoría hace su vida normal. No tenemos soluciones mágicas para cambiar el mundo o convertir lo malo en bueno. Y no esperes superhéroes que te solucionen todos tus problemas.

—¿Tienes familia, Antó?

—Primera regla —dijo sonriendo—: por tu seguridad y, sobre todo, la seguridad de los demás, cuanto menos sepamos unos de otros, mejor. Has de considerar que, si te atrapan, hay muchas posibilidades de delatar a quien conoces. Si tus conocimientos de los otros o la organización son limitados, menos daño harás.

—Comprendido, nada de información personal —dijo Marina.

—Esto está relacionado con la segunda regla: un poco de tiempo puede salvar a tus compañeros, procura dárselo. Como ya te he dicho, si te atrapan, contarás todo lo que sabes. Pero debes retrasarlo lo máximo posible, pues será un tiempo precioso para salvar la vida de otros. No se trata de resistir a la tortura o a los fármacos (no podrás), sino de utilizar tu imaginación para retrasar lo inevitable. Lo que puedas hacer dependerá de las circunstancias.

—Entendido. Continúa, por favor —dijo Marina.

—Tema móviles. En el móvil está todo lo referente a una persona, toda su información, todo lo que tiene, lo que es, lo que puede y no puede hacer. Es una forma de controlarnos totalmente. Pero su fortaleza también es su debilidad. El móvil es una identidad, unida unívocamente a una persona. Entonces, si falsificas un móvil con el SiSPer, es como crear una nueva identidad. Las personas se identifican por su huella dactilar y el iris de sus ojos, si en un móvil falsificado introducimos esas características físicas de una persona, le damos una nueva identidad a esa persona.

—Parece fácil —dijo Marina.

—Bueno, la teoría sí. No conozco los detalles, pero en realidad no es nada fácil. No solo debemos falsificar el móvil, también se necesita acceder a ordenadores del sistema central para que todo funcione correctamente. Se deben crear, en los sistemas centrales, esas identidades ficticias para que luego podamos utilizarlas; esa es la parte más difícil del proceso.

Pero el caso es que conseguimos hacerlo, aunque no tantas veces como necesitaríamos.

Ahora necesito tus datos biométricos para, en el futuro, poder darte una nueva identidad. Antó sacó un dispositivo parecido a un móvil de tamaño grande, tecleó unas instrucciones y lo puso sobre la mesa, en la pantalla apareció una reproducción de una mano derecha, con el pulgar resaltado en color rojo y un cuadrado del mismo color. Indicó a Marina que pusiera el dedo correspondiente sobre el recuadro, a medida que se lo indicaba la pantalla. Así lo hizo, hasta completar los dedos de ambas manos. Luego, situó la cámara del dispositivo a unos centímetros del ojo derecho de Marina y le pidió abrir el ojo todo lo que pudiera y no moverse. Pulsó en la pantalla. Repitió con el ojo izquierdo. Tecleó unas instrucciones y, finalmente, dijo:

—Perfecto. Hemos terminado, enviaré la información y con ella se podrán crear falsas identidades para ti, imposibles de diferenciar de una verdadera.

—¿Cómo hemos llegado a aceptar este nivel de control sobre nuestras vidas con los móviles?

—Poco a poco y... por nuestro bien —bromeó Antó—. Estas tecnologías se utilizaban desde hace mucho tiempo. Se recogía información sobre todas nuestras actividades para utilizarla con fines comerciales, «para mejorar la experiencia de uso», nos decían. Estábamos acostumbrados y no nos importaba. Pero el mundo cambió. Las dictaduras triunfaron por todas partes. En cada país, el resto de los europeos eran potenciales enemigos de los que era necesario defenderse. Los antiguos países se dividieron. Los que habían sido compatriotas se convirtieron en enemigos a los que temer y destruir. Pero ahí estaba el móvil para protegernos. El objetivo de pronto cambió, ya no era utilizar información personal para vender productos y servicios, ahora se debía controlar a los ciudadanos para protegerlos de los otros, de los de fuera. Y así llegamos a la situación actual: el control absoluto de los ciudadanos. Es de las pocas cosas comunes hoy en Europa y esta tecnología es muy útil para ello.

—Ya viste la discusión en la oficina el otro día, la gran mayoría piensa que esto no es un problema, sino una ventaja. Nos da seguridad —dijo Marina.

—Sí, es cierto. Si lo pudieran hacer libremente, la mayoría de los europeos elegirían seguir con este sistema. Es más, si de pronto nuestra organización derribara a los gobiernos actuales y aboliéramos estos sistemas de control, seguramente habría manifestaciones exigiendo su implantación. Tenemos miedo a la libertad y pánico a los otros. Es lo que nos han inculcado. Hemos creado un mundo de amor indiscriminado para los de nuestro grupo y odio o intolerancia total hacia aquellos que no pertenecen a él. Por eso, nuestra organización propone, como única forma de cambiar el mundo actual, eliminar el odio y promover el entendimiento y la colaboración, resaltando lo que nos une y aceptando las diferencias. Algo similar a lo que ya se intentó, en la segunda mitad del siglo XX y principios del XXI, en Europa.

Marina creía estar de acuerdo en muchas de las cosas que decía Antó, pero le preocupaba que tanta teoría difuminara su objetivo que, para ella, era simplemente salvar a su hija.

CAPÍTULO 20

VIAJERO

19 DE SEPTIEMBRE. SÁBADO, 07:00

Había dormido menos de tres horas pero, cuando se levantó y salió al salón, Antó ya estaba leyendo en una tableta. Juntos tomaron café, casi en silencio. En la despedida, se prometieron verse pronto y Marina dijo que le presentaría a su hija. Ambos sabían que mentían. Se marchó con la maleta hacia la única estación de autobuses en funcionamiento en la ciudad: la de Méndez Álvaro.

Debía llegar con bastante antelación sobre la hora de salida, pues los controles de seguridad consumían mucho tiempo. El primero estaba situado en el acceso a la estación. Había cuatro largas colas para el primer control: revisión de la documentación, escáner corporal y de equipaje. Se situó en la de la izquierda, que le pareció la más corta, y empezó a avanzar lentamente. Unos treinta minutos después, estaba a punto de llegar al mostrador de control de documentación, cuando una mujer, de unos setenta años, comenzó a dar voces justo delante de ella. Discutía con los policías en el control.

—¡Que sí! ¡Que les digo que sí! Tengo todos los permisos y billetes para viajar —decía la mujer desesperada.

—¡Señora! No nos grite, no es culpa nuestra, solo hacemos nuestro trabajo —le contestó uno de los policías del control, claramente irritado.

—¡Pues eso! Hagan su trabajo y solucionen mi problema.

—Otra vez… No tiene la autorización para viajar y no puede pasar de este punto. Aquí no se dan las autorizaciones. ¿Qué es lo que no entiende?

—Quien no entiende es usted, le digo que la tengo, y el billete también, me lo sacó mi nieto. Así que yo paso.

Alguien, por detrás en la cola, dijo: «¡Joder con la vieja! Que pesada, vamos a estar todo el día aquí». Mientras, la discusión continuaba:

—Que no, mujer… Es imposible pasar sin permiso. Vaya al control central si quiere protestar, pero lárguese ya de aquí.

—¡De eso nada! Yo no me muevo hasta que me lo solucionen.

—Está bien… —hizo un gesto a unos policías que estaban observando la escena. Dos de ellos cogieron a la señora de los brazos y el otro cogió su maleta. Se la llevaron, gritando y protestando, al exterior de la estación.

Después, el policía del control gritó:

—¡Siguiente!

Marina se acercó y situó el teléfono en un recuadro rojo encima del mostrador. El policía miró la pantalla, mientras continuaba hablando acerca de la señora anterior.

—¡Con lo sencillo que es! Tienes autorización, puedes viajar; no tienes autorización, no puedes viajar. Así de claro. En fin, lo que hay que aguantar… —tecleó, miró la pantalla y siguió hablando, ahora con Marina—. Vamos a ver esos ojazos, guapa. Ábrelos bien. Coloca la cara ahí, con la barbilla en ese punto azul. Muy bien. Mira de frente y no te muevas —Marina vio una luz roja en su ojo derecho y luego en el izquierdo—. Ya está, todo correcto. Puedes pasar.

Marina cogió el móvil y la maleta. Se abrió una barrera a la derecha del policía, pasó a través de ella y caminó hasta llegar a la cinta del escáner de equipajes. Siguiendo las instrucciones mostradas en una pantalla frente a ella, sacó de la maleta los líquidos y todos los objetos metálicos y los depositó en una bandeja azul. Después de poner la bandeja y maleta sobre la cinta, caminó dos metros hasta introducirse en un pasillo metálico.

Una voz grabada dijo: «Deténgase en la marca indicada en el suelo y sujete su móvil con la mano derecha». Marina obedeció. Una vez en la posición indicada, la voz continuó dando instrucciones: «Gírese a la izquierda, mirando hacia el cartel marcado con el número 1». Marina siguió las instrucciones y la voz prosiguió: «Separe las piernas, levante los brazos y póngalos en posición horizontal, tal como puede ver en la figura». Permaneció en la posición indicada unos segundos, hasta que la voz dijo: «Las comprobaciones de seguridad han concluido satisfactoriamente, puede salir por su derecha. El proceso ha terminado. Gracias por su colaboración».

Al salir del pasillo, pudo ver la maleta y la bandeja azul parados en la cinta. Los recogió, guardó todos los objetos y fue hacia la puerta de entrada a los andenes. Nuevamente, debió hacer cola en otro control. Un agente acercaba una tableta a los móviles, comprobaba las identidades y billetes, indicando a cada viajero la dársena de donde partiría su autocar. Se dirigió a la número 5. Unos minutos después, llegó el autocar. Después de un nuevo control por parte del conductor, también con una tableta para comprobar una vez más los billetes, dejó la maleta en el maletero y ocupó su asiento.

Su plaza era de ventanilla, aproximadamente en el centro de la zona derecha del autocar. Un hombre de unos setenta años, gran nariz y pelo completamente cano se sentó a su lado.

—Hola. A ver si por un día salimos a tiempo. ¿Vas a Extremadura? —preguntó el hombre.

—Sí, por supuesto.

—Claro, que tontería, este autobús va allí. ¿A dónde? —preguntó.

—Plasencia —dijo Marina.

—¡Oh! Qué bonito es Plasencia, yo estuve trabajando allí dos años y tuve una medio novia, Lola, muy guapa… y más que guapa. Yo soy de Navalmoral. ¿Lo conoces?

—Sí —contestó Marina, que no tenía muchas ganas de hablar.

—¿Eres de Plasencia?

—Sí.

—Y estás de vacaciones en Madrid, ¿no?

—No. Trabajo aquí y voy de vacaciones.

—¡Ah! Entonces, más o menos como yo. Con la diferencia de que ya no trabajo: voy a ver a mi hijo; bueno, a mi nieto. Mi hijo me importa un comino… ¡Hombre! Por fin nos vamos.

Marina cerró los ojos para dormir un poco, aunque pronto descubrió que su compañero no estaba dispuesto a permitírselo. No paró de hablar. Decía en voz alta cualquier pensamiento que llegaba a su cabeza, tenía que verbalizar inmediatamente cualquier idea que cruzara su mente.

Tardaron casi una hora en salir de Madrid y en la carretera se avanzaba lentamente pues, a pesar de disponer de dos carriles en cada sentido, las condiciones del firme eran terribles.

—Estas carreteras están destrozadas —dijo el hombre—. Culpa de los moros, vascos, catalanes, franceses y otra calaña similar, que quieren hacernos la vida imposible. Quieren destruir todo lo que tenemos, pero pueden estar seguros de que no retrocederemos ni un milímetro.

Anunciaron la emisión de una película con el documental correspondiente. Marina no se sorprendió al comprobar que era el mismo que ya había visto dos veces esa semana; estaba empezando a odiarlo. Durante el reportaje, su compañero siguió haciendo comentarios.

—Qué maravilla, cómo ha evolucionado el mundo. Cuando yo era joven, un terrorista podía poner un coche bomba en medio de la ciudad y no había forma de impedirlo, era imposible controlarlo, ¿te lo imaginas? Si te perdías por el monte, ya podías rezar para que, por un milagro, alguien te encontrara. ¿Y sabes quién podía permitirse un móvil de esos? Muy muy pocos. Solo los que tenían mucho dinero; costaban un dineral. ¿Y ahora? Hasta los más pobres tienen derecho a uno. ¡Y todavía hay gente que se queja! ¿Te lo puedes creer?

Luego, durante la película, una historia épica con héroes de la Federación Ibérica, el hombre, a su pesar, se durmió. Entonces Marina pudo dormir también.

Se despertó bruscamente. El autocar estaba detenido en el arcén de la carretera y un grupo de hombres y mujeres armados subían por las puertas delantera y trasera del autocar. Eran guardias civiles. Todos los músculos de Marina se tensaron; no pudo evitar pensar que Sara había muerto y la buscaban por asesinato. Dos guardias, con sus armas a la altura de la cintura y apuntando hacia el pasillo, se quedaron en la parte delantera; mientras, otros tres empezaron por la parte trasera a comprobar la documentación de los pasajeros. Marina escuchaba cómo los policías pedían a los pasajeros que acercaran el móvil a una tableta. Algunas veces preguntaban al pasajero. En algún caso, les pedían que se colocaran un objeto en la cara y miraran con los ojos muy abiertos. Marina no sabía cómo era la forma de ese objeto, pues no se atrevió a girarse, pero suponía que era un escáner de retina.

Finalmente, llegaron a su altura. Pidieron a su compañero de viaje que acercara el móvil; mientras lo hacía, el hombre preguntó:

—¿Mucha faena?

—No falta —contestó uno de los guardias.

—Yo tengo un sobrino en el cuerpo y nos dice que cada día tienen más trabajo. Está destinado en Salamanca.

—¿Salamanca? —repitió el guardia—. Yo he estado allí muchos años. ¿Cómo se llama?

—Juan Martín Górriz. Alto y muy fuerte. Un chaval estupendo.

—No, no me suena su nombre.

—Pues lleva allí más de un año y medio.

—¡Ah! Normal que no me suene entonces, yo estoy aquí desde hace dos años. Mi mujer no aguantaba el frío de allí —dijo el guardia.

—Sí, mucho frío, muy bueno para los jamones, pero… Que tengan un buen servicio —dijo el hombre, despidiéndose del guardia civil.

Luego el guardia la miró, le mostró la tableta y la invitó a acercar el móvil. Marina cogió el móvil. Estaba temblando. Hacía esfuerzos para controlarse, pero el teléfono cayó de sus manos. Golpeó la rodilla de su compañero y terminó debajo del asiento delantero.

—¡Lo siento! —dijo, mientras se agachaba para intentar coger el móvil del suelo.

—Espera un momento, me levanto —dijo su compañero de viaje, que se levantó y salió al pasillo.

Los guardias miraban la escena con cara seria. Marina se agachó entre los asientos y, después de unos angustiosos segundos, consiguió recuperar el móvil. Seguía temblando ostensiblemente. Se lo dio al policía.

—Aquí está —dijo acercando el móvil a la tableta del guardia, que la miraba fijamente, con cara muy seria.

—Un momento —dijo el guardia mirando la pantalla. Tecleó algo en la pantalla, estuvo unos segundos consultando y, finalmente, continuó hablando—. Va a Plasencia, ¿no?

—Sí, a Plasencia —repitió Marina con una sonrisa nerviosa.

—Está bien, todo correcto. Pero tenga cuidado, no rompa el móvil, tendría serios problemas, más aún estando fuera de su zona de residencia.

—Lo tendré, gracias —dijo Marina, ahora con una sonrisa exagerada.

Siguieron con el control al resto de los pasajeros. Llegó el turno a un joven sentado tres filas más adelante. Después de comprobar sus datos en la tableta, le pidieron mirar en el escáner de retina, que según Marina observó, se parecía a unas gafas de esquí. Unos segundos después, un guardia le dijo:

—Salga y acompáñenos.

—¿Yo? ¿Por qué? —protestó el joven.

—Salga —repitió el guardia en un tono muy seco. Mientras, los otros levantaban sus armas y apuntaban al joven—. Salga ya. Debemos revisar su documentación.

El joven, entre indignado y asustado, salió reclamando que no había hecho nada y que tenía todo en regla. Marina observó por la ventanilla cómo sacaban una maleta del autocar y la metían, junto al joven, en una furgoneta.

—No sé dónde vamos a llegar, esto es inaceptable —dijo su compañero de viaje—. No sabe uno cuando puede estar al lado de un delincuente. Antes lo vi y no me dio muy buena espina. En fin... Menos mal que están estos chicos siempre haciendo un buen trabajo. Todo el día vigilando, haga frío o calor, siempre al pie del cañón. Es una labor muy sacrificada, mi sobrino me cuenta unas historias increíbles. Tiene mérito, ¿no?

Lo dijo mirando a Marina y esperando su aprobación, pero ella se encogió de hombros. El hombre se quedó perplejo. No era la respuesta que esperaba e iba a decir algo, pero la película continuó y se puso los auriculares. Marina ya no pudo dormirse.

Navalmoral de la Mata fue la primera parada; se quedó sin compañero de viaje. A partir de ahí, el paisaje cambió a un mar de encinas que Marina no podía dejar de mirar. Siempre le gustaba ver ese paisaje de nuevo y se prometió ir más a menudo, pero inmediatamente se dio cuenta de que su futuro se reducía a unas horas: no sabía lo que estaría haciendo ni dónde en un par de días. Podría ser su última visita.

La última parada antes de su destino fue Malpartida. Después no quedaron más de diez pasajeros en el autocar. Se cambió de asiento y se sentó en la primera fila para ver mejor el paisaje, pero, sobre todo, para no perderse la primera visión de su ciudad. La carretera circulaba por una pequeña sierra y llegaron a la cima. Empezaron a descender y el autocar tomó la tercera curva; entonces vio, al fondo del valle, Plasencia. Se preguntó si realmente sería la última vez.

CAPÍTULO 21

CARMEN

19 DE SEPTIEMBRE. SABADO, 14:00

Antes de salir de la estación de autobuses, Marina debió pasar un nuevo control, con escaneo del iris y preguntas de un agente incluido.

—¿Qué hará durante estos 10 días?

—Tengo un piso antiguo aquí, quiero prepararlo un poco. Limpiar, pintar, arreglos diversos, ya sabe.

—¿Tiene familiares aquí?

—No.

—¿Amigos o conocidos a los que verá frecuentemente?

—No.

—¿Su dirección en Plasencia?

—Puerta de Talavera, 4.

—¿Estará siempre en esa dirección?

—Sí.

—¿Piensa salir de la ciudad alguna vez antes de la fecha de su marcha?

—No, en principio, no.

—Le recuerdo que debe pedir autorización para cualquier desplazamiento fuera de los límites de la ciudad. Su permiso es exclusivo para la ciudad. Si se aleja más de un kilómetro de los límites, puede ser detenida. ¿Entendido?

—Sí, lo sé. Gracias.

—Está bien, puede pasar.

Eran las dos y media, pero no tenía hambre. Decidió dar un pequeño rodeo e ir a su casa pasando por «La Isla», un parque en una isla del río Jerte. Al salir de la estación la temperatura era un poco alta, pero muy confortable en el parque, refrescado por el agua del río. Disfrutó del paseo, a pesar de ir arrastrando su maleta con ruedas; incluso se paró varias veces a observar el río. Llevaba mucha agua para esa época del año, pensó.

Subió la cuesta desde La Isla hasta la Puerta Talavera. Llegó a su casa. Hacía tres años desde la última visita. Estaba cubierta de polvo. En las paredes podían verse recuerdos similares a los que había eliminado el día anterior en su casa de Madrid; allí incluso tenía dos fotografías suyas con Francesc. Durante todos esos años, aunque no lo reconoció, siempre tuvo la esperanza de volver a su vida anterior. Unos minutos después todos esos recuerdos estaban en la basura. Ahora, ni podía ni quería estar anclada en el pasado.

Una vez libre de fantasmas, fue el momento de organizar el trabajo. Imposible determinar por cuánto tiempo debía quedarse; no dependía de ella. Decidió actuar según lo previsto inicialmente y hacer planes jornada a jornada. Lo primero que haría sería limpiar una habitación, el baño y la cocina, para pasar el primer día. A la mañana siguiente, comprar productos de limpieza y, una vez visto el aspecto de la casa limpia, decidir qué arreglar y pintar. Eso era todo lo que necesitaba planificar por el momento.

Salió a comprar comida para ese día y el siguiente. Le habían insistido en mantener las rutinas, por lo que puso la televisión en la cadena cultural, el programa «Alimañas», como habitualmente hacía, pero no prestó atención. Limpió la cocina y, después de comer, continuó con la habitación. La falta de sueño, el viaje y el trabajo de limpieza estaban empezando a hacer mella en sus fuerzas. Estaba descansando en la cocina, cuando sonó el timbre de la puerta. Excepto la policía, que tenía la información de su estancia, nadie allí conocía su presencia en la casa. Pero inmediatamente se dio cuenta de su error. Sara y sus amigos también conocían sus planes. Esperó indecisa uno segundos y el timbre sonó nuevamente, ahora con impaciencia.

Miró por la mirilla. Era una mujer, de unos cuarenta años, aparentemente sola. Abrió y la mujer dijo:

—Tranquila, me envía Antó. ¿Puedo pasar?

Marina se hizo a un lado y la mujer entró.

—No esperaba a alguien tan pronto, casi llegas antes que yo. Bienvenida, soy Marina.

—A mí me puedes llamar Carmen. La situación se ha complicado, me han pedido que te cuente... Bueno..., son malas noticias. Tu amiga ha muerto, aunque la policía no ha descubierto aún el cadáver. Lo siento.

Claramente, Carmen no conocía la historia, simplemente repetía lo que le habían contado. Ella sí estaba impresionada, no solo había matado a alguien, además había sido a la persona más cercana a ella durante muchos años. A pesar de todo, había sido su amiga durante casi diez años de su vida y, solo unos días, una farsante que la vigilaba.

—Deja la maleta ahí y vamos a la cocina, es el único sitio medio habitable en este momento —se sentaron en unas banquetas y Marina preguntó—: ¿Conoces a Antó?

—No, simplemente me dieron instrucciones de decir que venía de su parte. Tampoco sé nada de ti, es más seguro. Lo primero es la información que debo darte y luego pasamos a las preguntas. ¿De acuerdo? —Marina asintió—. Todo se ha precipitado. Si la policía descubre el cadáver irán inmediatamente a por ti. Debes desaparecer. Mi función es sustituirte aquí, mientras te pones a salvo. Me quedaré ocupando tu lugar, hasta recibir confirmación de que te encuentras en lugar seguro. Irás con otra identidad, pero debemos actuar deprisa y no dejar pistas que puedan seguir.

—¿Cuándo tendré que marcharme?

—Inmediatamente. Debes salir hoy —dijo Carmen. Luego, al observar la cara de Marina, añadió—. Lo siento, pero el peligro es real.

—Sí, sí, lo entiendo, muchas gracias por tu esfuerzo, pero esperaba disponer de un par de días de tranquilidad para descansar y centrarme. Aparte del cansancio que tengo, mi vida ha entrado en una centrifugadora y es difícil no perder el norte. En cualquier caso, estoy a tu disposición, ¿por dónde empezamos?

—Necesito conocer tus costumbres. Espero estar no más de un día, como máximo dos, haciéndome pasar por ti. Pero es necesario ser convincentes. Si me vigilan, deben estar convencidos de que soy tú.

Marina le contó sus costumbres, los programas de televisión que veía, por dónde navegaba por Internet, qué leía en la tableta, qué solía comprar, etc.

—¿Sueles llamar a alguien o que alguien te llame?

—Sí, a una amiga, pero murió…

—¿Grupos de mensajería instantánea o foros en los que suelas escribir?

—Estoy suscrita a varios, pero no participo mucho.

—¿Grupos de noticias?

—Sí, tengo varias suscripciones en grupos de arte y los suelo leer.

—¿Alguna otra costumbre que deba saber?

—Solo soy consciente desde hace unos días del control que tienen sobre nosotros. No soy una experta en qué nos controlan más o las cosas importantes; no sabría decirte.

—Donde se cometen más errores es en asuntos que... digamos, dan reparo comentar con otros. Imagínate que todas las noches accedes a unas páginas porno en Internet, pero te da vergüenza decírmelo. Cosas de ese tipo.

—No, nada especial. Lo más raro es leer periódicos alemanes, como ya te dije.

—Estupendo, será suficiente. Vamos con la segunda parte, la información que yo debo darte. Como te he dicho, debes salir hoy, es importante que pierdan tu pista lo antes posible. En cuanto tú te encuentres a salvo, yo desapareceré. Tendrás una nueva personalidad —sacó un móvil y se lo dio—: aquí la tienes. No lo enciendas ahora, en este sobre tienes instrucciones de cuándo hacerlo y el resto de la información para tu viaje. No me comentes nada de lo que hay en el sobre, no me des ninguna información. Ese móvil está adaptado para ti, con tus parámetros biométricos. Es exactamente igual a uno normal, utilízalo sin miedo, no detectarán nada. Pero no lo olvides: eres otra persona. Apréndete bien los aspectos básicos de esa persona, los encontrarás en el interior del sobre. A partir de ahora, actúa como una actriz interpretando un papel el cien por cien de tu tiempo. No lo olvides en ningún momento: hablando con alguien, en un parque, en un tren, en un control..., siempre, siempre eres esa persona. Procura no caer en contradicciones. Ya no te llamas Marina, si detrás de ti oyes llamar a Marina, no mires, no eres tú. ¿Está claro?

—Totalmente. Pero hay algo que me preocupa. Has dicho que pueden venir a por mí y tú te quedarás aquí haciéndote pasar por mí hasta confirmar que yo esté en lugar seguro.

—Sí, necesitamos que pierdan tu pista. Cuando tú estés a salvo, apagaré el móvil de Marina y habrás desaparecido para siempre —afirmó Carmen.

—Ya, pero, mientras, pueden venir a por ti, tú haces de señuelo…

—Vale, déjalo… No soy muy valiente y puedo salir corriendo —intentó bromear Carmen—. En serio, nuestra apuesta es que tú llegues rápido a un lugar seguro y yo pueda desaparecer, dejando pistas equívocas, antes de que llegue nadie. Así que concéntrate y haz bien tu parte, no solo por ti, sino también por mí.

Luego, siguiendo las indicaciones de Carmen, sacó su teléfono y lo apagó, a la vez que Carmen encendía otro con la información de Marina, pero con los datos biométricos de ella. En ese momento, Carmen era oficialmente Marina Conde; cualquier control de la policía la habría identificado como Marina. Una vez activado el móvil, Carmen continuó con las explicaciones:

—Sigue las instrucciones al pie de la letra, tenemos muy poco margen. Si tienes algún incidente y puedes resolverlo, hazlo y, una vez solucionado, intenta llegar a tu objetivo. ¿Está claro?

—Para ser sincera, no, no sé muy bien qué quieres decir.

—Imagínate que tus instrucciones fueran, por ejemplo, llegar a Cádiz. A una dirección determinada y debes llegar un día determinado. Te han dado billetes de tren y todo está organizado, pero te retienen por algún motivo, ya no puedes utilizar los billetes y es imposible que llegues el día fijado. Lo que debes hacer es conseguir billetes nuevos e intentar llegar, aunque sea en otra fecha, siguiendo el camino original hasta llegar al destino inicialmente previsto, alguien tratará de contactar contigo. ¿De acuerdo?

—Entendido. Pero ¿qué ocurre si a pesar de llegar no aparece nadie o por cualquier motivo falla mi contacto? ¿Tendré una alternativa? ¿Cómo contactar con alguien? —observó a Carmen y su expresión le dio la respuesta—. Ya, entendido… Mala suerte.

—Lo lamento, las cosas no son como nos gustaría. Debemos salvaguardar nuestra organización, y no es fácil. Otro punto importante: mucha gente se juega la vida por ayudarte, es nuestra obligación protegerlos. Si te siguen o sospechas que lo hacen, protege a tus contactos. Tú ya estarás perdida, no les hagas caer a ellos. No acudas a la cita, ve a otro sitio, consigue tiempo para que los nuestros puedan ponerse a salvo. Es lo menos que podemos hacer por los que se están jugando su vida para ayudarnos. Resumiendo: sigue las instrucciones y llega al punto indicado, no hay contacto alternativo en caso de emergencias y protege a los otros, te están ayudando. ¿Alguna pregunta?

—Sí, una personal… ¿Por qué haces esto?

—Y tú, ¿por qué no lo hacías? —dijo sonriendo Carmen—. Yo aspiro a ser libre. Pero no importa, centrémonos ahora en ti, no tenemos mucho tiempo. Ya puedes leer lo que contiene el sobre, pero no me cuentes a mí nada de la información. Si tienes alguna pregunta, no me digas ni fechas ni lugares. Por tu seguridad, es conveniente que yo no tenga ninguna información de a dónde vas. También debemos destruir toda la información antes de que te marches. Memorízalo.

Marina abrió el sobre, contenía tres hojas con algunas instrucciones generales, similares a las dadas por Carmen, e información específica sobre lo que debía hacer. A las once (faltaban dos horas), debería tomar un autocar para Burgos. A las siete y media de la mañana, otro de Burgos a Huesca; a las 12, en Huesca, otro a Castejón de Sos. Disponía de todos los billetes y autorizaciones en su móvil. El objetivo del viaje era visitar a su supuesto marido, el cual trabajaba temporalmente en la central hidroeléctrica de Montanuy (Huesca). Llevaban 8 años casados y tenían dos hijas. Su nuevo nombre era Eva Romero y, como ella misma, era natural de Plasencia. Incluía otros datos sobre su vida y la del supuesto marido. No debía encender el móvil hasta justo antes de entrar a la estación de autobuses.

Siguiendo las instrucciones de Carmen, estudió toda la información, repasó y, después de comprobar que había memorizado todo correctamente, quemaron las hojas. Recogió la maleta sin abrir y se despidió de Carmen.

—Muchísimas gracias por tu ayuda, ojalá algún día te pueda compensar de alguna forma. Ten cuidado.

—Lo tendré, tú también. Vendrán días mejores y nos encontraremos de nuevo —dijo Carmen.

Después de un abrazo entre las dos mujeres, Marina salió hacia la estación, pensando si ella habría sido capaz de hacer algo similar por una desconocida. Enseguida encontró la respuesta, y no la dejaba en muy buen lugar.

Poco antes de llegar a la estación, encendió el teléfono, lo desbloqueó con la huella del dedo índice de su mano derecha y el teléfono se activó. Se dirigió hacia el control de entrada; era el momento de comprobar si el sistema de suplantación de identidad funcionaba.

CAPÍTULO 22

ÁLVARO

19 DE SEPTIEMBRE. SÁBADO, 22:10

Entró en la estación y fue hacia el control de acceso. A pesar de haber solo un puesto de control, la espera fue corta. Colocó el móvil en el recuadro indicado sobre el mostrador de control. El policía consultó la pantalla y dijo:

—Su destino final es Castejón de Sos. ¿Correcto?

—Sí.

—Es una zona restringida, cerca de la frontera. ¿Sabe que debe informar si llega una hora antes o después de la hora autorizada de llegada?

—Si, por supuesto —en realidad, no tenía ni la más mínima idea; en los papeles que le dieron no indicaba nada. Continuó hablando, intentando aparentar tranquilidad—. Así lo haré.

—Hágalo. Si no, se le puede llegar a considerar una espía y se emitiría una orden de búsqueda contra usted. ¿Cuál es el motivo de su viaje?

—Vacaciones, voy a visitar a mi marido, que trabaja allí.

Luego se colocó en la posición para el escaneo de iris.

—Está bien, puede continuar.

Avanzó hasta dejar la maleta en la cinta y la bandeja con líquidos y metales. Se dirigió hacia el escáner, se colocó en la posición indicada con piernas y brazos abiertos. Mientras esperaba, se le ocurrió pensar en lo que vería la persona al otro lado. «¿Habrá una o varias personas? ¿Qué verán? ¿Comentarán entre ellos lo que ven?». Se imaginó a tres vigilantes allí sentados, riéndose de los pobres viajeros: «Mira la gorda, tiene tanta carne que no entra en el escáner», «esta vestida tenía buena pinta, pero mírala desnuda…», «mira, mira, esta sí que está buena. Yo la escanearía personalmente». Se arrepintió de su maldita imaginación, allí con las piernas abiertas y los brazos estirados, sentía vergüenza, se sentía desnuda. Finalmente, una voz le ordenó que continuara. Tenía un ligero temblor en las manos y sudaba, a pesar de que la temperatura no era demasiado alta. En la cinta, recogió la maleta y la bandeja. Entró en la estación, respiró hondo y se dijo: «Primera prueba pasada por Eva». Compró un bocadillo en la cantina y luego fue al control de acceso del andén. Una vez en el autocar, dedicó un tiempo a familiarizarse con su nueva identidad, revisó todo la información sobre Eva en el móvil. Allí lo tenía todo: el DNI, en el que pudo ver que sus padres se llamaban Luis y Carlota, la tarjeta de crédito, abonos de transportes, carné de biblioteca, etc. Se asombraba de lo aparentemente sencillo que resultaba ser otra persona. Eva Romero era completamente real, era ella, nadie podría negarlo. Se durmió pensando en eso y no se despertó hasta dos horas después, en un control de carretera similar al realizado en el autocar camino de Plasencia. Afortunadamente, pasó el control sin incidentes; esta vez no bajaron a nadie.

Intentó dormir de nuevo, pero le fue imposible. De pronto, para su sorpresa, fue consciente de llevar todo el día sin pensar en su hija. Hacía años que eso no ocurría. Pensaba en ella a diario, continuamente. Era imposible sacársela de la cabeza. Realmente ni lo intentaba, el único interés en su vida era su hija, vivía por el recuerdo de su hija. En ese momento seguía siendo lo más importante, todo lo hacía por ella, pero sentía que ahora había algo más que no podía identificar.

Llegó a Burgos al amanecer. Por fortuna, no tuvo que esperar mucho para subir al autocar en dirección a Huesca. Estaba agotada y se prometió intentar dormir un poco, pero su cabeza no se lo permitió. Se había enterado de la muerte de Francesc hacía poco más de una semana y le era imposible prever hacia dónde se dirigía su vida. Solo contaba con una incierta posibilidad de ayudar a su hija. Su futuro era totalmente impredecible. Siempre se dejó llevar, pero por zonas cómodas en las que se sentía protegida. Sin embargo, ahora era diferente; hacía una semana que había abandonado cualquier zona de confort y posiblemente no la recuperaría jamás.

En Huesca comió un poco, se tomó un café y se montó en el autobús para recorrer el último tramo del trayecto. Se sentía terriblemente agotada, le costaba razonar y coordinar los movimientos, solo pensaba en descansar. No podía centrarse en ningún pensamiento, saltaba de uno a otro sin ninguna lógica. No quería pensar, solo descansar.

Al fin, llegaron a Castejón de Sos. El esfuerzo tenía su recompensa ahora; estaría segura y podría descansar. Carmen desaparecería de Plasencia, poniendo fin a la existencia oficial de Marina Conde. Ya no podía regresar, la resistencia ahora estaba obligada a ayudarla con su hija. No sabía lo que pasaría mañana, pero en ese momento solo deseaba dormir.

Cuando se detuvo, ella fue la única pasajera que se apeó. Lo hizo por la parte delantera del autocar. Nada más tocar con los pies en el suelo, un hombre pelirrojo de unos cincuenta años se abalanzó sobre ella y la abrazó con fuerza.

—¡Por fin, cariño! —dijo el hombre. Mientras la abrazaba, le habló al oído, en un tono apenas perceptible—. Soy tu contacto aquí, he venido para ayudarte. Sígueme la corriente, eres mi mujer.

—¡Cariño, cuánto tiempo! —dijo ella, mientras se abrazaba con fuerza.

Cogió la maleta con una mano y con la otra a Marina por el hombro, apoyándola contra su pecho. Empezaron a andar. A Marina el hombre le pareció enorme, por lo menos de un metro noventa. Se dejaba llevar, pensaba que podría dormirse mientras andaba sujeta por sus fuertes brazos. Los dos sonreían sin decir nada.

El hombre le indicó que se sentara en el asiento del copiloto de un todoterreno aparcado en las cercanías. Él guardó la maleta. Al subir en el vehículo, Marina observó que temblaba ostensiblemente y miraba nervioso en todas las direcciones.

—Hola, soy Álvaro, tu contacto aquí. Las cosas se han complicado y no te puedes quedar.

—¿Qué?

—Estás en peligro, pueden estar siguiéndote y caer sobre ti en cualquier momento —Álvaro puso en marcha el vehículo.

—Pero cómo…

—Han matado a la persona encargada de sustituirte y no sabemos la información que tienen sobre ti.

—¿Carmen? ¿Muerta? —preguntó con preocupación Marina.

—No sé el nombre. Te había reemplazado para que tú pudieras huir… Ahora… tú también puedes…

—¿Quién ha sido?

—Parece que la policía, pero no tenemos la certeza. Hay cambio de planes. Han decidido que pases a Cataluña inmediatamente.

—Estoy agotada, no puedo continuar viajando... Es imposible.

—No hay tiempo... —dijo Álvaro, que no dejaba de mirar por el retrovisor, cada vez más nervioso.

—Esta noche por lo menos o descansar unas horas.

—Lo siento... Tengo familia, dependen de mí...

—Tengo que descansar un poco. Necesito ir al baño, dame una hora... Por favor, unos minutos, estoy destrozada.

—Entiéndelo, el riesgo ya es enorme para nosotros...

Marina lo entendió, se estaba jugando su vida y la de su familia por ayudarla. Y ella insistiendo en pedir más de lo que podía dar. No tenía derecho.

Salieron del pueblo y subieron en dirección a los picos cercanos.

—¿Cómo pasaré?

—Hemos improvisado una alternativa. Es relativamente segura, pero un poco dura y no te podrá acompañar nadie.

—Pero es la frontera de dos países en guerra, estará muy vigilada —dijo Marina.

—Disponemos de contactos en la vigilancia de la frontera a ambos lados. Hay dos o tres horas en la que, por la zona que tú irás, no habrá mucha vigilancia. Por favor, apaga tu móvil, ahora debemos eliminar cualquier posibilidad de seguimiento.

Siguieron subiendo. El paisaje de los Pirineos era cada vez más impresionante. Unos kilómetros más adelante, Álvaro paró el coche. Llamó por teléfono.

—Sí, ya estamos… Punto uno…, en diez minutos… Perfecto —dijo a su interlocutor y colgó, miró el reloj. Luego siguió hablando con Marina—. Debemos esperar aquí unos minutos para asegurarnos de no encontrar una patrulla. Te voy a llevar al punto más cercano posible, prácticamente en Cataluña. Luego deberás continuar andando por un sendero. Son unos nueve kilómetros. Tardarás entre dos y tres horas, llegarás aún con luz. Casi todo el camino es en descenso y, una gran parte, fácil. En algunos puntos tendrás que salvar pequeñas dificultades, pero con cuidado no es peligroso. Te estarán esperando.

—¿Dónde tengo que ir exactamente?

—Cuando lleguemos arriba te doy toda la información y te explico el camino a seguir.

Esperaron unos minutos más, después continuaron por la carretera y, posteriormente, se desviaron por un camino a la derecha. El firme era pedregoso y el vehículo se movía peligrosamente, aunque a Álvaro parecía no preocuparle, ya que no reducía la marcha. Finalmente, detuvo el vehículo.

—Es todo lo que puedo acercarte. Ahora ponte el calzado más cómodo que tengas y también ropa de abrigo. No lleves nada que te pueda identificar y dame tu móvil.

—¿Estaré sin móvil? —se sorprendió Marina.

—No lo necesitarás.

—Ya, pero hace siglos que no estoy sin uno… Es una sensación extraña…, como no ser nadie —dijo sonriendo.

—Es lo mejor que nos puede pasar ahora, no ser nadie.

Bajaron del coche. Marina se preparó como pudo. No tenía ni ropa ni calzado adecuados. Se puso unos zapatos bajos, un jersey y una chaqueta.

—Bueno, no es lo ideal —dijo Álvaro observándola—. Afortunadamente, está haciendo buen tiempo. Vamos, tenemos que subir por ahí. Aquí tienes algo de comer: unos sándwiches, un par de plátanos y agua. Te vendrá bien...

Subieron en la dirección indicada por él. Se había prometido a sí misma no quejarse, pero se sentía realmente destrozada. En el alto, Álvaro explicó el recorrido.

—Tu destino es Pla de l'Hermita. Llegarás bajando por esta ladera. Está en aquella dirección, detrás de la elevación que se ve al fondo. Aquí tienes un esquema del camino —dijo, dándole una hoja de papel—. Formaba parte de una antigua ruta de senderismo. Verás en algunas zonas unas marcas amarillas y blancas; en otras, esas marcas han desaparecido, pero no tiene perdida. Los últimos 3 kilómetros van casi paralelos a una carretera. Es importante que no te acerques, procura que no te vean desde la carretera. Cerca del pueblo, debes ir por un camino que discurre por la izquierda de una cruz de piedra, lo tienes marcado aquí. Unos trescientos metros después, llegarás a una fuente desde donde se ven las primeras casas del pueblo. Dirígete hacia esas casas, alguien saldrá a buscarte.

—¿Y si no salen o me habla alguien y no es la persona que me tiene que recoger? —Álvaro se la quedó mirando sin decir nada—. Vale, entiendo. ¿Algo más?

—Sí. Importante, ni una palabra en castellano, todo en catalán. Me han dicho que tu catalán es perfecto, ¿no?

—Sí. Viví allí algunos años.

—Bien. Vete cuanto antes, durante un tiempo la vigilancia será mínima por aquí, pero no durará mucho. Además, tienes que llegar antes de que sea de noche.

—Muchas gracias por todo —se acercó a Álvaro y lo abrazó.

—Lamento no haber podido hacer más… Las cosas se han complicado… Mucha suerte.

Le sonrió con cariño. No pudo evitar pensar en Carmen.

Con la bolsa de comida en una mano, comenzó a andar. Después de unos segundos, se volvió en dirección a Álvaro, pero ya no pudo verlo. Estaba completamente sola, en medio de una montaña, vestida con ropas de ciudad y con un agotamiento físico como no recordaba haber tenido nunca. Dudaba ser capaz de llegar a ningún sitio. Pero era increíble que, a pesar de su situación, la sensación más extraña fuera que por primera vez en su vida no tenía un móvil.

Caminó durante algo más de media hora. Tuvo que detenerse. Los zapatos le hacían daño y necesitaba recuperar fuerzas. Se quitó los zapatos y comió la mitad de las provisiones. Reanudó la marcha pensando en las últimas horas desde su encuentro con Sara. Cada vez estaba más cerca de que la atraparan unos u otros. Carmen también muerta. ¿Cómo habrían llegado hasta ella? «Siguiendo mi teléfono», se respondió a sí misma. ¿Y Antó? Apretó los labios, no quería pensarlo. Cualquiera que le ayudara estaba en peligro y, cuanto más tardara en llegar a Barcelona, más posibilidades de ser atrapada tenía.

Avanzaba lentamente, cada vez con más debilidad y afectada por la falta de sueño. Al cabo de dos horas desde el inicio, paró otra vez para descansar. Se terminó la comida restante, se descalzó y consultó el esquema proporcionado por Álvaro; aún le quedaban unos tres kilómetros. Tenía varias ampollas en los pies, que le dolían terriblemente, y serias dudas de poder continuar. Con el papel del sándwich, confeccionó unas protecciones para reducir las rozaduras de los zapatos.

Se puso en marcha de nuevo. Afortunadamente, en esa parte el camino era más fácil. Discurría paralelo a la carretera y de vez en cuando escuchaba el sonido de un automóvil. Estaba anocheciendo y sus esperanzas de llegar se reducían.

Arrastraba los pies para avanzar. La cabeza le daba vueltas. Sudaba, aunque tenía frio. Estaba a punto de rendirse y detenerse, cuando vio la cruz de piedra. Se dirigió lentamente hacia el camino de la izquierda. Le sorprendió el tamaño, poco más de un metro y medio. Se la había imaginado más grande, de cuatro o cinco metros. Intentaba recordar dónde había visto cruces de ese tipo y su tamaño, cualquier cosa que mantuviera su cabeza ocupada y le permitiera olvidarse del dolor que le llegaba de los pies y seguir avanzando.

De pronto, quedó paralizada. La fuente estaba a la vista, pero un hombre estaba sentado en ella y la miraba con cara de sorpresa. No le quedaba un gramo de fuerzas. Imposible tratar de huir, dudaba que pudiese incluso hablar. Trató de mantenerse erguida y dar otro paso, pero las fuerzas le fallaron y cayó al suelo.

CAPÍTULO 23

JOAN

20 DE SEPTIEMBRE. DOMINGO, 21:45

Marina intentó levantarse sin éxito. Observó al hombre, que estaba de pie, mirando hacia los lados. El hombre comenzó a caminar en su dirección y, al llegar a su altura, dijo algo, pero no lo entendió. Marina intentó justificar su aparición.

—Me… perdido… Salí y perdí… todo… ayuda…

No conseguía decir una frase coherente, le costaba ordenar las ideas; más aún articular palabra. El hombre volvió a hablar mientras le ofrecía la mano para ayudarla. Ahora sí lo entendió y se sorprendió. «¡Está hablando en catalán!».

—Venga, levántate y no digas nada en español. Vamos a la casa.

Se levantó con la ayuda del hombre. La sujetó fuertemente del brazo y comenzaron a caminar en dirección al pueblo. No hablaba y ella lo agradecía, de esa forma se podía concentrar en caminar, sujeta fuertemente por él.

Llegaron a las primeras casas del pueblo. Sin dejar de sujetarla, abrió la puerta de una de ellas. Pasaron a lo que debía ser el salón de la casa y la dejó en un sillón. A pesar de ser de noche, no encendió ninguna luz hasta cerrar totalmente las ventanas. Marina se quitó los zapatos, tenía los pies ensangrentados.

—No es calzado para andar por la montaña —dijo el hombre mientras marcaba un número en su móvil. Cuando le contestaron simplemente dijo «sí» y colgó. Luego continuó hablando con Marina—. Creía que ya no aparecerías. Soy Joan —le dio la mano—. Te estaba esperando, desde la parte de arriba de la casa se ve el camino. Al no llegar, salí en tu busca. Fui un par de kilómetros. Esa zona se considera de seguridad, no se puede estar ahí y regresé. Me quedé en la fuente, por si acaso.

Joan salió de la habitación. Tenía unos sesenta años, era muy serio y Marina enseguida se dio cuenta de que no era muy hablador. Regresó con un vaso de agua para ella y continuó:

—Te prepararé algo para recuperar fuerzas. ¿Qué pasó?

—Como tú has dicho, no es calzado para la montaña —dijo Marina, ligeramente recuperada—. Al poco de salir, me comenzó a hacer daño y cada vez ha ido a más. Además, tuve que partir rápido, antes de empezar ya estaba agotada. No había podido descansar, estuve viajando toda la noche. No sé cómo he podido llegar, no creo que pueda repetir algo así.

—Ahora estás aquí, es lo único importante —y Joan dio por cerrado el pasado.

Marina pronto aprendería que, para él, solo el futuro tenía sentido.

Fue a la cocina y regresó con un cuenco humeante y otro vaso de agua.

—Tómate este caldo. Te recuperarás.

Sintió que efectivamente recuperaba parte de sus fuerzas. Dijo que debía curarse las heridas.

—El baño está al fondo de ese pasillo. Hay agua oxigenada, desinfectante, algodón y gasas en el mueble del baño. Puedes coger también una toalla allí. Lo que no tengo es ropa de mujer; hace años que no vive ninguna aquí.

—Si me dejas un pijama o, cualquier ropa así, me apañaré. Puedo lavar mi ropa.

Le dio un pijama y le advirtió:

—No abras ninguna ventana. Desde fuera se ve todo. Hay mucho cotilla aquí. Una mujer en esta casa se sabría por todo el pueblo. Prepárate. Luego hablamos.

La ducha caliente le dio tanta energía como el caldo. Se curó las heridas de los pies y, después de desinfectarlas, las cubrió con unas gasas. Lavó y dejó tendida la ropa que llevaba, limpió lo zapatos, se puso el pijama que le había dejado Joan y salió a su encuentro.

Al verla Joan, le miró los pies y salió. Reapareció al cabo unos segundos con unos gruesos calcetines de lana.

—Ponte esto. Te funcionarán como zapatillas —y continuó poniendo la mesa.

Se sentaron a la mesa. La cena consistía en guiso de carne, pan, agua y vino. Cenaron sin casi ni hablar. Hacia el final, le contó el plan.

—Has venido muy pronto. No han podido prepararte cómo ir. Quedarte en mi casa es muy peligroso. Una mujer llamaría mucho la atención. Irás a un refugio seguro en Francia. Mañana te vendrán a buscar. Luego allí organizarán tu viaje a Barcelona. Es lo que me han dicho.

Joan dio por terminada la conversación sobre el plan y se levantó a recoger la mesa. Pero Marina lo detuvo. Después de la experiencia de los dos últimos días, no estaba dispuesta a seguir dando vueltas.

—Joan, te agradezco infinitamente tu ayuda. Si no hubieras estado en esa fuente, es muy probable que hubiera sido mi fin. No me conoces de nada y te estás poniendo en peligro por mí. No quisiera darte la impresión de ser una desagradecida o una exigente. Pero no puedo ir a Francia. Debo ir a Barcelona directamente, no puedo dar más rodeos. Si no llego pronto, mis fuerzas se acabarán o me atraparán. ¿Entiendes lo que quiero decir?

—Sí.

—Por favor, te ruego se lo cuentes a quien tengas que decírselo. Insísteles, debo ir directamente a Barcelona, no puedo dar más vueltas.

—Está bien —dijo Joan, totalmente inexpresivo—. Ahora debes descansar. Te enseño la habitación.

Siguió a Joan por el pasillo; se detuvieron ante una habitación.

—Era de mi hijo. Estarás cómoda. Ya sabes dónde está el baño. Coge de la cocina o de cualquier parte lo que necesites. No abras las ventanas. Yo ahora voy a salir. No enciendas ninguna luz mientras yo esté fuera. Descansa.

Marina entró en la habitación. Estaba realmente agotada. Se tumbó en la cama. «Por fin», se dijo. Una ola de placer le recorrió el cuerpo, cerró los ojos y luego los abrió sorprendida al notar una fuerte luz a su alrededor. Estaba confundida. Por las rendijas de la ventana cerrada entraba luz, mucha luz. No entendía qué pasaba, el exterior de la casa parecía estar fuertemente iluminado. Intentó moverse. Le costó, solo podía moverse muy lentamente. Tenía el cuerpo dolorido. Miró el reloj, su confusión aumentó hasta que, finalmente, entendió que ocurría. El reloj marcaba 13:27, ya era de día. Había dormido más de 12 horas de un tirón.

Con dificultad, se levantó y caminó hacia la cocina. Notaba agujetas por todo el cuerpo y los pies le dolían. En la cocina, Joan preparaba la comida.

—Buen día. Parece que la has echado larga. Ahí tienes café.

—Buenos días. Sí, he dormido como un bebé, no me he enterado de nada —dijo mientras se servía un café.

—Lo aceptaron —dijo Joan.

—¿Qué?

—Aceptaron lo que tú querías. Lo comentamos ayer por la noche y dijeron que adelante. Esta tarde nos darán más información.

Marina se levantó y le dio un abrazo.

—Muchísimas gracias, Joan. Posiblemente me hayas salvado la vida otra vez.

Luego se duchó y curó otra vez las heridas del pie. Físicamente, se había recuperado bastante; moralmente, estaba pletórica con la noticia recibida.

Mientras se vestía en la habitación, observó que no había nada que recordara al hijo de Joan: ni fotografías, ni objetos, nada. Tampoco por el resto de la casa. Ningún recuerdo de su hijo ni de nadie. Cuando bajó, la comida estaba servida.

—Debemos comer ya. Debo salir.

—Estupendo, estoy hambrienta —dijo Marina mientras se sentaba—. ¿Te puedo hacer una pregunto personal? —Joan no respondió, la miró sin decir nada y Marina continuó—. ¿Dónde están tu hijo y tu mujer?

—Ya no están —dijo. Ahora fue Marina quien se quedó mirándolo fijamente, hasta que siguió hablando—. Murieron. Al chico lo detuvieron en una manifestación. No lo volvimos a ver. Mi mujer no lo soportó. Yo estuve a punto, pero decidí aguantar para ayudar a quien pudiera. El pasado no se puede cambiar, mejor olvidarlo. El futuro lo hacemos cada día.

—Lo siento, Joan... Y gracias por ayudar —dijo. Se calló durante el resto de la comida, no sabía qué más decir.

Nada más comer, Joan se marchó, avisándola de no salir ni a la puerta y mantener las persianas cerradas. No podía hacer nada, solo esperar. Cogió un libro de la estantería del salón y se puso a leer. Le encantaba leer en catalán y habían pasado muchos años desde que lo hizo por última vez. No lo dejó hasta ya anochecido, cuando regresó Joan.

—Parece que lo han organizado.

—¿Cuándo me voy? ¿Cómo?

—Te llevo mañana a La Pobla de Segur. Antes de las once y media debes estar en la estación, sentada en un banco situado debajo del reloj. Alguien te llamará Montse y te dará instrucciones. Es todo lo que sé.

CAPÍTULO 24

MADRE

22 DE SEPTIEMBRE. MARTES, 08:30

A la mañana siguiente, Marina y Joan salieron en dirección a La Pobla de Segur. El recorrido era a través de una zona fronteriza donde eran frecuentes los controles de carretera. Marina no disponía de móvil. Debía viajar oculta, por lo que permanecía tumbada en la parte posterior de la vieja furgoneta de Joan, tapada con el cubre-maletero. Le advirtió que no se levantara bajo ninguna circunstancia hasta que él se lo indicase. Acordaron que, si era descubierta, dirían que se metió y escondió en la furgoneta sin que Joan lo supiera, aunque ninguno de los dos creía que eso realmente pudiera funcionar. Los pararon dos veces durante el recorrido. La primera vez reconocieron a Joan y le dejaron pasar sin más. La segunda, revisaron la documentación, echaron un vistazo en el interior de la furgoneta y estuvieron a punto de abrir la puerta trasera, donde se encontraba Marina. Finalmente, desistieron para agilizar la inspección, pues había muchos vehículos pendientes de revisar.

Poco antes de llegar, Joan le dio instrucciones.

—Estamos llegando. No te muevas hasta que lleguemos y yo te lo indique. Aparcaré en un sitio discreto. Cuando abra el portón, espera a mi señal. Luego te quedas sentada en el borde de la furgoneta con los pies hacia fuera —guardó silencio durante un par de minutos, y continuó—. Entramos en la estación.

Aparcó el vehículo en el lateral izquierdo de la estación, con la parte trasera de la furgoneta hacia la pared. Se bajó, miró en todas direcciones, fue hacia la pared y se apoyó en ella. Cuando se aseguró de que no miraba nadie, levantó el portón.

—Estamos seguros. Saca las piernas y siéntate aquí, en el borde.

Sintió un gran alivio al poder estirar y mover las doloridas piernas. La espalda también le dolía y estaba un poco mareada.

—¿Qué tal? —preguntó Joan.

—Bien. Ahora mucho mejor.

—Son las once y diez, tenemos tiempo. Yo me quedaré aquí por si hay incidentes. Si tienes algún problema, sal corriendo y vienes aquí. Tendré la furgoneta lista y nos largamos rápidamente. Luego ya veríamos qué hacer. Pero lo primero es ponerte a salvo. No corras riesgos.

—Muchas gracias, Joan. No sé cómo agradecértelo.

—No hay nada que agradecer. Haz lo que tengas que hacer, seguramente nos ayudará a todos. Y, sobre todo, no te dejes coger.

Marina lo abrazó y luego se dirigió hacia la entrada de la estación.

Siguiendo las instrucciones, se sentó en el banco situado justo debajo del reloj. Aún quedaban unos minutos para las once y media. Había mucha actividad en la estación. Marina se fijó en una mujer que llegaba en un coche de policía. Se apeó del vehículo cerca de la entrada. Le acompañaba un agente. Vestía de negro e inicialmente le pareció una persona muy mayor, pero, cuando pasaron a su lado, comprobó que no tendría más de cincuenta años. Tenía una de las caras más tristes que había visto en su vida.

Seguía pensando en la mujer de negro, cuando una joven, a la que no había visto llegar, la saludó efusivamente:

—¡Hola, Montse! Me alegro de verte. Ya me dijo tu madre que habías venido —dijo la joven sonriendo. Se sentó a su lado, colocando en el suelo, entre ellas, una pequeña maleta. Luego, entre dientes, le dijo —: Disimula, quita esa cara de sorpresa y sonríe.

—¡Hola! —alcanzó a decir Marina.

—Atiéndeme bien —siguió la joven—. Sigue sonriendo como si estuvieras hablando con una vieja amiga. Cuando terminemos de hablar, nos despediremos de pie y yo me marcharé, dejando la maleta aquí. Tiene algo de ropa, bolsa de aseo y alguna otra cosa para que parezca que realmente estás de viaje en caso de inspección —la joven no dejaba de sonreír y gesticular mientras hablaba—. Tienes que tomar el tren de las doce; va a Lleida y luego a Barcelona. En el móvil —dijo, señalando un teléfono que había dejado en el banco entre las dos—, tienes la autorización para viajar y el billete.

—¿Cómo funciona el sistema de los móviles aquí?

—Exactamente como en España. Lo que funciona bien para tenernos controlados en uno sitios, rápidamente lo adoptan todos, para eso sí somos iguales. Afortunadamente, los fallos en el sistema también son los mismos y también podemos suplantar identidades. En este teléfono está grabada toda la información de tus huellas y de tu retina, nos la enviaron desde España. Ahora tienes una nueva identidad. Lo que yo sé es que te llamas Montse, viniste ayer desde Barcelona a ver a tu madre enferma y regresas hoy a tu casa. Ve allí directamente cuando llegues, la dirección la tienes en el móvil. Cuando yo me marche, y antes de entrar en la estación, familiarízate con los aspectos básicos de tu nueva identidad y apréndetelos bien durante el viaje. Tu vida puede depender de ello. ¿Alguna pregunta?

—¿Debo contactar con alguien al llegar? ¿Qué debo hacer?

—Dirígete a tu casa, contactarán contigo. No sé más. Hora de marcharme. Te deseo toda la suerte del mundo.

La joven se marchó, dejando la maleta y el móvil. Marina lo encendió, lo desbloqueó con su huella y estuvo unos minutos comprobando los billetes del tren y la nueva identidad. Su nombre era Montserrat Carrot, natural de Barcelona, aunque vivía en Hospitalet de Llobregat. Memorizó otros datos de su nueva identidad y entró en la estación. Las medidas de seguridad eran iguales a las que conocía de la Federación Ibérica, con el escáner de cuerpo completo y la comprobación de identidad con el escáner de retina. El guardia del control revisó su ficha y no le hizo ninguna pregunta. Estos controles se habían convertido en una rutina para Marina.

Llegó al andén, donde ya estaba su tren; buscó su vagón y su asiento. Era la primera estación del recorrido y había muchos asientos libres, pero el asiento frente al suyo estaba ocupado. La mujer vestida de negro y cara triste estaba sentada en él. Ni rastro del policía que la acompañó al entrar. La saludó, pero no contestó. Miraba por la ventanilla, lloraba y de vez en cuando murmuraba palabras que Marina no entendía.

El tren tardó unos minutos en ponerse en marcha; cuando lo hizo, Marina pudo observar que Joan seguía en su sitio, observando cómo se marchaba el tren. Marina le siguió viendo hasta que lo perdió en la distancia. Se le ocurrió pensar que Joan, en su honor, se había quedado unos minutos en el pasado.

Al poco, su compañera de viaje giró la cabeza y la miró fijamente.

—¿Tienes hijos? —preguntó la mujer.

—Sí. Una hi...

No pudo terminar la respuesta. La mujer continuó hablando.

—Yo tengo un hijo... muerto.

La mujer se calló y volvió a mirar por la ventanilla. Marina no se atrevió ni a decir «lo siento»; permaneció en silencio, observándola y, cuando se convenció de que no seguiría hablando, sacó su móvil y continuó revisando la información sobre su nueva identidad. Pero, al cabo de unos minutos, la mujer se volvió otra vez hacia ella. Miraba en su dirección, pero Marina no estaba segura de que la viera. Comenzó a hablar.

—Vendrá la señora y más autoridades… Es un honor, nos han dicho… Un homenaje a las madres… Le decía que no se metiera en líos, que tuviera cuidado…, que hiciera lo que los otros…, que no se complicara la vida. Murió en la guerra… Un homenaje a las madres sin hijos... La familia de su padre está en Galicia… Su padre era un buen catalán y él también lo es… Yo tenía miedo y le decía: «tú como los otros, tú estás aquí». «¿Y los primos?», decía él. «Déjate de primos… Nosotros aquí..., los nuestros… Tú, como ellos», le decía yo… En la guerra… ¿Estarán sus primos también en la guerra? Debo ir a Lleida para un homenaje… ¿Usted tiene hijos? Yo tengo un hijo… Ha muerto.

La mujer nunca esperaba respuesta a sus preguntas. Nuevamente, se quedó mirando por la ventanilla. Murmuró algunas cosas que Marina no entendió y luego, ya llorando abiertamente, continuó.

—Muerto... Cuando niño… siempre estaba jugando con sus primos, decían que de mayores se irían los tres en un barco a recorrer el mundo… Era un buen catalán… Yo solo quería que viviéramos tranquilos… Yo le decía: «Nosotros, como los demás... Que no te señalen… No te metas en líos…». Y me hacía caso… Era un buen chico…, como los demás…, pero la guerra…

Se calmó, cerró los ojos y se recostó en el asiento. Permaneció en esa posición hasta que sonó el silbato del tren, a la entrada de una estación. Entonces abrió muchos los ojos y la miró directamente. Ahora Marina estaba convencida de que la miraba a ella exclusivamente, y dijo:

—Un homenaje a las madres que ya no tenemos hijos… Somos un ejemplo para todos… Viene la señora… Es un honor. Yo solo quería que estuviera bien…, como los demás. Fue voluntario… Muy buen chico… En el frente de Tarragona… Somos un ejemplo, nos dan un homenaje.

A Marina la hubiera gustado abrazarla, consolarla y decirle que la entendía, que ella también había perdido una hija. Pero no hizo nada, solo mirar.

La mujer siguió hablando de vez en cuando, con frases entrecortadas, hasta llegar a Lleida. La ayudó con la maleta y la acompañó hasta bajar del tren. Observó a otras mujeres solas que se apeaban del tren, pensó que todas irían al homenaje a las madres sin hijos.

Al regresar a su asiento, no podía dejar de pensar en ella. Se sentía unida a esa mujer que solo decía frases inconexas y tenía la cara más triste que había visto en su vida. Sus ojos se humedecieron y su barbilla empezó a temblar de forma incontrolada. Por más esfuerzo que hizo, no pudo evitar ponerse a llorar.

Cuando consiguió calmarse, siguió revisando la información de su móvil y el contenido de la maleta. Le ilusionaba la vuelta a Barcelona, era recordar tiempos en que fue muy feliz, pero ahora ya no estaba anclada en ese tiempo; por fin había asumido que era el pasado.

En ese instante era Montse, sin ningún pasado. El futuro lo debía construir día a día.

CAPÍTULO 25

OLGA

22 DE SEPTIEMBRE. MARTES, 16:40

El tren entró en un túnel y, poco después, se detuvo en la estación de Sants. El vagón estaba abarrotado y Marina tuvo que esperar para poder descender. Pasó los habituales controles sin ningún problema con su nueva identidad.

Antiguamente se podía acceder al metro desde el interior de la estación, pero ahora todos los pasajeros eran dirigidos directamente desde los andenes al exterior, a través de un pasillo formado por vallas metálicas. Cuando llegó a la calle, estaba nerviosa y emocionada de reencontrarse con Barcelona casi diez años después.

Debía tomar el metro para dirigirse a su supuesta casa en Hospitalet, pero, impaciente por ver nuevamente la ciudad, decidió dar un paseo hasta la cercana plaza de la Independencia, la antigua plaza de España. Por todas partes se podían ver la bandera estelada y carteles con eslóganes para motivar y recordar que estaban en guerra y debían estar atentos a los agentes enemigos infiltrados. Le recordó a Madrid, pero con diferente color en las banderas e idioma en los carteles. Eso le trajo a la memoria lo que contó Antó sobre las versiones de las películas dependiendo del país, que se diferenciaban solo en los colores de las telas y los nombres de lugares. Tenía la sensación de estar en una de esas películas y que, por error, en medio de la proyección, se hubiera cambiado la versión de un país a la del otro. Habían cambiado los colores, pero seguía la misma historia, los mismos personajes. Ahora los «buenos» eran otros, porque, dependiendo del color de las telas, unas personas eran buenas y amigas tuyas, las otras inhumanas y enemigas. Llegó a la conclusión de que, en la vida real, como en las películas, los países se diferenciaban únicamente en las telas con la que los vestían. Tendría gracia si no fuera porque eso estaba produciendo millones de muertos por toda Europa.

Llegó a la antigua plaza de España. La recorrió con la vista y, finalmente, se sentó en un banco de piedra que estaba a su derecha. Siempre le había gustado esa parte de la ciudad, había tenido una gran influencia en su vida y siempre positiva. Vivió muy cerca cuando llegó a Barcelona. Allí conoció a Francesc, en una terraza de las que rodeaban la plaza. Él era amigo del hermano de Silvia, una compañera de universidad. Desde que se vieron por primera vez, sintieron algo el uno por el otro y, al poco tiempo, empezaron a salir juntos. Esa plaza siempre fue su lugar especial. Cuando nació su hija, uno de los primeros paseos que dieron con ella fue por esa plaza, se decían que eso les traería suerte, les ayudaría a que los tres estuvieran unidos para siempre. Pero algo falló…

Suspendió sus pensamientos cuando una mujer le dijo:

—¿Te pasa algo, hija? ¿Necesitas ayuda?

—¿Eh? —dijo Marina confundida.

—Estás llorando. ¿Te puedo ayudar?

—¡Ah! ¡No, no! Gracias, no me pasa nada —dijo, siendo consciente por primera vez de que tenía lágrimas en los ojos—. Nada. Simplemente recordaba y me he emocionado.

—Bueno, pero ten cuidado, no dejes que los recuerdos te hagan llorar. Eres joven y aún tienes muchos recuerdos que guardar; además no es el mejor momento y lugar para estar llorando —dijo haciendo un gesto con la cabeza, señalando hacia la derecha; luego siguió su camino.

En la dirección que la mujer indicó, Marina advirtió cómo unos jóvenes, de las Juventudes de Defensa Catalana, la miraban con descaro. Se enjugó las lágrimas con disimulo, se levantó sin mirarlos más, cogió la maleta y se dirigió hacia la cercana boca de metro.

Algunos de los jóvenes del grupo que la estaba mirando, también se dirigieron al metro, detrás de ella. Como en Madrid, estaba sucio y atestado, pero era la mejor forma de moverse por la ciudad. También había arcos de control por todas partes. De vez en cuando, saltaban las alarmas y la policía se abalanzaba sobre el asustado ciudadano al que se le había agotado la batería o estropeado el móvil. El resto de los pasajeros miraban con aprobación cómo se lo llevaban. Todo el mundo asumía que era un delincuente, un terrorista o, en el mejor de los casos, un ser antisocial e incívico al que no le importaba salir sin su SiSPer, poniendo en peligro a los demás. Cada vez se sentía más agobiada por ese control, había aprendido en los últimos días que, en ningún caso, era para ayudar a los ciudadanos.

Se dirigió a Hospitalet de Llobregat, prácticamente una prolongación de Barcelona. Llegó a la dirección de su supuesta casa, que abrió con su móvil, sin ningún problema. No había nadie. Dejó la maleta en la entrada e inspeccionó cada una de las estancias. Dos pequeñas habitaciones, un baño, una cocina y un salón con un sillón y una televisión. Después, puso la maleta en una de las habitaciones y fue a revisar la nevera. Había comida envasada, una bolsa de pan y dos bricks de leche. Todo estaba sin abrir. Se preparó un sándwich de jamón de york y queso, un vaso de leche y un vaso de agua. Lo puso todo en una bandeja y fue al salón.

Encendió la televisión y comprobó que las similitudes seguían. Solo cuatro canales y, como no, uno de ellos dedicado a un programa similar a «Alimañas» que, en este caso se llamaba «Inhumanos» y la principal diferencia eran los protagonistas: la mayoría, personas de la Federación Ibérica o, como se referían a ellos de forma despectiva los presentadores, «ratas españolas». Estuvo viendo el programa mientras comía. Era muy similar al que conocía y sintió vergüenza de haber sido seguidora de ese programa. Ahora lo veía repugnante y sentía que los inhumanos eran los espectadores. Se le ocurrió que, si la atrapaban, podría terminar sus días como protagonista en ese programa, como otra «rata española», aunque también podría terminar en el de la Federación Ibérica, como una «rata catalana». ¿Sería lo mismo en el resto de Europa?

Estaba absorta en el programa de televisión y en la facilidad con que las personas, incluida ella misma, se habían acostumbrado a odiar a los demás, cuando se sobresaltó al oír un ruido en la puerta de entrada.

CAPÍTULO 26

PAU

22 DE SEPTIEMBRE. MARTES, 21:30

La puerta se abrió y entró un hombre de unos cuarenta años, que antes de que Marina pudiera reaccionar, dijo:

—Hola, soy Pau. Te ayudaré mientras estés aquí —viendo la cara de sorpresa de Marina, añadió—: Perdona si te he asustado, no era seguro llamar y esperar en la puerta —lo dijo todo con una expresión extremadamente seria, que la sorprendió.

Se acercó y dio la mano a Marina.

—No…, no importa… Hola, soy Marina.

—Ya lo sé. Yo seré tu contacto aquí, la única persona con la que tendrás contacto en nuestra organización. Debes hacer todo lo que yo te diga y solo lo que yo te diga. Si no es así, desapareceré y te las tendrás que arreglar tú sola. ¿Entendido?

—Sí…, claro…, por supuesto —dijo confundida. El tono de Pau era seco, no hacia ningún esfuerzo por ser amable.

—Si repites tu comportamiento de hoy, no cuentes con nosotros. Has puesto tu vida y, lo que es peor, la de nuestra gente, en peligro.

—¿Qué? —exclamó Marina, cada vez más confusa.

—Después de salir de la estación, en vez de venir directamente aquí, como se te indicó, te fuiste a pasear con tu maleta. Por si fuera poco, te sentaste en un banco en una zona muy concurrida y te pusiste a llorar. ¿En qué pensabas? ¿No se te ocurrió alguna cosa más para llamar la atención?

—¡Oh! Lo siento... No me di cuenta, pero cuando...

—Una compañera se tuvo que acercar para hablar contigo —la interrumpió Pau.

—De verdad, lo siento. Me traía muchos recuerdos estar nuevamente en Barcelona y...

—No estás de turismo. Vienes a por algo que supuestamente te importa. Nosotros te ayudamos para conseguir algo que nos interesa. Pero corremos un gran riesgo por ayudarte, nuestra vida está en peligro, no estamos dispuestos a participar en un juego de una señorita tonta que se aburre.

Marina se quedó mirándolo muy fijamente y tuvo que hacer un gran esfuerzo para no chillarle: «¡Ya sé que no es un juego! ¡Imbécil!». Después de casi medio minuto mirándolo sin pestañear, consiguió calmarse un poco y dijo:

—No volverá a ocurrir, pero ten muy claro que no soy una señorita tonta que se aburre, aunque pudiera parecerlo. De la misma forma que supongo que tú no eres un gilipollas, aunque lo parezcas —Marina terminó la frase sonriendo para suavizar la expresión.

Pau la miró unos segundos. Marina se temió lo peor, pues su expresión mostraba ira, pero finalmente se calmó y, ya más sereno, se disculpó.

—Siento haber sido tan brusco, pero tenemos pocas probabilidades de éxito. Si, además, las desperdiciamos, lo único que conseguiremos es perder la vida. Después de lo de la plaza, unos chicos de las Juventudes Catalanas os estuvieron siguiendo a ti y a Olga, la compañera que te habló. Os siguieron un rato, pero afortunadamente se cansaron. Esos muchachos son unos fanáticos, les han comido el coco y se pasan todo el día buscando enemigos. Actuar de manera diferente es altamente sospechoso. Trata de pasar desapercibida, haz lo que haga todo el mundo, no destaques en nada, que nadie se fije en ti. Te puedo asegurar que estamos rodeados de delatores y fanáticos.

—Lo entiendo. Lo siento mucho, no fue muy inteligente por mi parte.

—Está bien, olvidémoslo, pero procura tener cuidado. No tenemos mucho tiempo. Centrémonos en lo que debemos hacer ahora, debemos prepararnos con urgencia. Me han pasado información general y una copia de la carta que te envió el ministro. Necesito que me des todos los detalles.

—La información de la carta es prácticamente todo lo que sé —comenzó Marina—. En cualquier caso, te cuento lo que ha pasado desde que la recibí, al menos lo que yo sé que ha pasado —estuvo durante más de una hora contando toda la historia, incluidas las muertes de Sara y Carmen, el viaje, etc. De vez en cuando, Pau le pedía algunos detalles y, una vez terminó, le preguntó:

—Me han dicho que te ofrecieron rescatar a tu hija y llevaros a las dos a un sitio seguro. Sin riesgos para ti, sin necesidad de venir aquí, solo diciéndonos como conseguir los documentos. ¿Por qué no lo aceptaste?

—Simplemente no me fiaba, lo único que tengo de valor es conseguir esos documentos. Sin ellos nadie me ayudará, nadie se jugará su vida sin más por mí o por mi hija. ¿No crees? —Pau no dijo nada, se limitó a subir las cejas y encoger los hombros; luego Marina continuó—. Además, tengo la sensación de que si yo no estoy presente, Roser corre peligro.

Pau se quedó en silencio, mirándola fijamente durante unos largos segundos. Finalmente dijo:

—Está bien, no insistiré. El trato está cerrado: te ayudamos a secuestrar a tu hija y tú nos das los documentos.

—Querrás decir a liberar o devolvérsela a su madre, no la vamos a «secuestrar».

—Depende desde dónde lo mires. Desde su punto de vista, será un secuestro— concluyó Pau.

Luego explicó brevemente a Marina la situación de Roser. Estaba viviendo en casa del vicepresidente Andreu Font. En la casa era imposible acercarse a ella. En el colegio también imposible: la llevaban con escolta y dejaban una discreta vigilancia.

—¿Sabías que juega al baloncesto?

—Sí, una amiga me lo dijo hace poco —dijo, recordando a Sara.

—Pues el baloncesto puede ser nuestra oportunidad. Pertenece al equipo del colegio. Dentro de dos días juegan un partido en un polideportivo público, cerca de la estación de Sants. Es un lugar con mucha actividad. Aparte de pistas de baloncesto, tiene piscina y gimnasio. Suele estar muy concurrido y será relativamente fácil pasar desapercibido; la vigilancia será menor. Es una muy buena oportunidad, pero si vemos que la operación se complica, la cancelamos. Lo importante es que no detecten que estás tratando de llevártela. Si están sobre aviso, será imposible. ¿Qué tal nadas?

—Bien... normal, nada especial —dijo Marina.

—Tienes entrada para la piscina los dos próximos días. Mañana iremos, para que te familiarices con el lugar, y prepararemos la forma de actuar para llevarnos a tu hija del polideportivo. En cuanto tu hija esté a salvo, iremos a por los documentos. Cuando los tengamos, os sacaremos del país y os daremos una nueva identidad. ¿Está claro?

—Sí, creo que sí —contestó Marina.

—¿Tienes alguna pregunta?

—¿Cómo tienes tantos detalles de mi hija en tan poco tiempo? ¿Alguien de vuestra organización está infiltrado en el entorno de Andreu? —Pau no contestó, se la quedó mirando y ella continuó hablando—. Entiendo que no puedas darme información.

—Bueno, si te cogen a ti, yo estoy perdido también —dijo finalmente Pau —, no pierdo mucho porque lo sepas. Soy policía. Pertenezco a la brigada de información, por eso he podido conseguir tantos detalles.

—¿Qué? ¿Policía? —preguntó sorprendida Marina—. ¿Te has infiltrado en la brigada de información? ¡Impresionante!

—No exactamente. En realidad, primero formé parte de la policía y luego de la resistencia. Es más, en su tiempo colaboré para eliminar la resistencia y, aunque no estoy orgulloso de ello, con mucho éxito.

Pau contó que, cuando entró en la policía, disfrutaba de su trabajo. Estaba dispuesto a hacer cualquier cosa por conservarlo. Ni se planteaba que era una parte del engranaje del sistema. Hacía su trabajo y punto. Con el tiempo, sus convicciones fueron cambiando y desde hacía unos dos años colaboraba con la resistencia.

—Lo siento, pero me es difícil entender cómo pudiste aguantar tanto. Colaborando con un sistema que está sometiendo y persiguiendo a tus amigos, a tu familia… Yo no habría podido soportarlo.

—¿Perdona? ¿No? Creo que todos podemos —dijo con sorna Pau—, tú especialmente. Tú pertenecías a la clase dirigente que estaba engañando y aniquilando a su pueblo. ¿Qué hiciste para evitarlo? No te fuiste voluntariamente de aquí. Si no te hubieran expulsado de su burbuja, seguirías disfrutando de tu posición, sin el más mínimo remordimiento.

—Pero yo no sabía… No era consciente de la situación, si hubiera...

—¡Claro! Con eso, tu conciencia tranquila —la interrumpió Pau—. Como hacemos todos, pero el caso es que todos nos equivocamos y tenemos que aceptarlo. Como decía un amigo mío: «La cagamos bien cagada, ahora solo nos queda intentar limpiarla. Pero es muchísimo más difícil limpiarla que cagarla».

—Escatológico… pero sabiduría popular —dijo Marina sonriendo y el ambiente entre ellos se relajó nuevamente.

Repasaron el plan para el día siguiente. Pau insistió en que debían ensayar en el polideportivo el encuentro con Roser y la salida del recinto. Memorizar el recorrido. No tendrían muchas opciones y no podían desperdiciarlas. Luego estuvieron charlando. Él estaba muy interesado en conocer detalles de la vida en Madrid y ella en lo que había cambiado Barcelona en los últimos años. Pasada la medianoche, Pau se marchó. Marina pensó que, aunque físicamente no se parecía en nada, le recordaba a Antó y, a pesar del pésimo inicio que habían tenido, también le caía bien.

CAPÍTULO 27

JOVEN

23 DE SEPTIEMBRE. MIERCOLES, 10:00

El día siguiente era festivo. A las diez en punto de la mañana, Pau entró de nuevo en la casa. Marina ya estaba preparada y repasaron las últimas instrucciones.

—Somos pareja. Iremos de la mano, es la mejor manera de pasar desapercibidos. Además, con el mal inicio de ayer, será bueno para afianzar nuestra relación —bromeó Pau.

—¿Relación con una señorita tonta que se aburre? —dijo Marina, siguiéndole el juego.

—No seas rencorosa... Bueno, ahora en serio. Cuando lleguemos al polideportivo, nos separaremos al entrar a los vestuarios. Tú accederás bajando unas escaleras. La primera parte corresponde al vestuario de las piscinas. Fíjate dónde está cada cosa, memoriza todo el recorrido. Por el pasillo que verás justo enfrente de las escaleras, se accede a los vestuarios de las pistas polideportivas. Allí es donde tendrás la oportunidad de ver a tu hija. Cuando bajes hoy, ve directamente por ese pasillo y observa todo con detalle, luego regresa al vestuario de la piscina. Después de nadar, y cuando te hayas cambiado para salir, ve por ese pasillo otra vez, como si fueses a salir por allí, pero, antes de salir, te das la vuelta y sales por la escalera por la que entraste. Ese será tu camino de huida y tu vida y la de tu hija dependerán de lo rápido que salgas, así que, memoriza ese recorrido, cada detalle; de ello dependerá vuestra vida.

—Está claro, los dos vestuarios y el pasillo que los une. Debo memorizar cada detalle del camino de huida.

—Perfecto. ¿Tienes todo preparado para marcharnos?

—Sí, todo listo —respondió Marina señalando una mochila sobre una de las sillas.

—Pues vamos allá.

Al salir del metro, Pau cogió su mano.

—Sonríe —dijo a la vez que él sonreía—, es un día festivo y estás paseando con tu encantadora pareja camino de la piscina. ¡Eres feliz! —Marina no tuvo que hacer ningún esfuerzo para sonreír.

Caminaron al cercano polideportivo. En la entrada, señalando un cartel con la frase «solo vehículos oficiales», Pau dijo:

—Cuando salgas con tu hija, aquí estará aparcada una furgoneta blanca con la puerta lateral abierta. Os metéis directamente, sin comprobar nada, y os tumbáis en el asiento trasero. Sin más; no te preocupes, ni de cerrar la puerta ni de quién está en el interior. Solo entrad y tumbaos. ¿Entendido?

Marina asintió. Entraron en el recinto y, antes de pasar la barrera de acceso, Pau continuó hablando.

—Cuando pasemos, nos separaremos. Insisto, es fundamental que te fijes en todo. Luego estaremos como una hora nadando. Cuando te lo indique, salimos y nos marchamos cada uno a nuestro vestuario. Aprovecha para repasar otra vez los detalles, con discreción. Tómate el tiempo que necesites, luego nos veremos nuevamente aquí —sonrió, guiñó un ojo y puso el móvil en el lector, para abrir la barrera.

Marina hizo lo indicado por Pau. Trató de concentrarse al máximo en cada detalle, aunque Roser le venía a la mente cada vez con más frecuencia. Estaba empezando a ponerse nerviosa. Después de diez años de pesadilla, mañana la abrazaría.

Luego, mientras nadaba, se esforzó en recordar cada detalle del vestuario. Recorrió mentalmente el camino desde los vestuarios de las pistas polideportivas hasta la escalera de salida, lo hizo una y otra vez mientras hacía largos en la piscina. Estaba tan concentrada que no fue consciente del paso del tiempo hasta que Pau la tocó en el hombro y le hizo un gesto para que se marcharan.

Nuevamente, recorrió todo el vestuario, repasando cada detalle. Finalmente, recorrió el camino que seguiría en la huida: del vestuario donde se encontraría con su hija a la salida. Estaba satisfecha, lo tenía memorizado. Se unió a Pau en el exterior y se fueron caminando hacia la plaza de la Independencia. Le contó sus progresos y que se sentía con suficiente confianza para hacerlo al día siguiente.

—Es una oportunidad muy buena, pero no única —dijo Pau—. Si detectas peligro, no lo intentes, lo dejamos para otra ocasión, no corras riegos. Si descubriesen que estamos intentando llegar a tu hija, será imposible acercarnos otra vez en el futuro. Y qué decir si te atrapan... Todo estaría perdido —vio a Marina muy tensa y cambió de conversación—. ¿No estabas ayer deseando ver Barcelona? Creo que ahora nos podemos permitir el lujo de pasear un poco sin llamar la atención.

Cogió la mano de Marina. Caminaron en dirección a la plaza de la Independencia, siguiendo el mismo camino recorrido por ella el día anterior. Para Marina, era una sensación muy extraña ir cogida de la mano de alguien; hacía años que no lo hacía.

Pasaron junto al banco donde se sentó el día anterior y notó que Pau la miraba.

—¿Me vistes ayer tú también?

—Sí, estábamos vigilándote. Cuando esos jóvenes fanáticos de la JuCat os siguieron, fue un momento realmente difícil. A la mínima la lían, están deseando patear a alguien o arrastrarlo hasta la cárcel. Cualquiera con un comportamiento mínimamente diferente es sospechoso para ellos. Pero bueno, eso ya no importa. Disfrutemos de la mañana. ¿Te apetece tomar algo?

No esperó su respuesta, directamente condujo a Marina hasta un bar cercano, el cual tenía una enorme terraza. Era un día festivo y soleado, la terraza estaba abarrotada, pero consiguieron sentarse en una mesa en la zona derecha. Las opciones de consumición eran muy limitadas: cerveza, un vino joven y una especie de refresco de naranja; además de tres tipos de pinchos.

Grandes pantallas de televisión emitían un partido de fútbol. Hacía un día agradable, los clientes estaban muy relajados y, con frecuencia, se oían risas. Llevaban casi media hora sentados, se habían tomado una cerveza. Marina cerró los ojos, se encontraba a gusto sentada al sol con Pau, en un ambiente tan relajado que uno podía hacerse la ilusión de estar en un mundo donde se vivía en paz.

Abrió bruscamente los ojos sobresaltada al oír un sonido similar a las sirenas de la policía. Todos estaban mirando a las pantallas. El partido de fútbol estaba en el descanso y se mostraba un cartel anunciando una noticia importante. Un minuto después apareció en pantalla el ministro de Defensa, Andreu Font.

A Marina se le tensaron todos los músculos del cuello y le dio una punzada en el estómago. Los recuerdos inundaron su mente. Odiaba profundamente a ese tipo, lo consideraba el origen de todas sus desgracias, de la pérdida de su familia y, lo que era aún peor, seguía siendo un peligro para Roser y para ella.

La intervención de Andreu fue pura publicidad. Era una emisión para informar de las victorias en el frente valenciano y celebrar que la victoria final para la liberación de los Países Catalanes estaba cerca. La puesta en escena, como siempre que salían en la televisión los miembros del gobierno catalán, era espectacular. Además, Andreu era un gran comunicador y sabía dar a su discurso el ritmo y el tono adecuados, pero Marina no escuchaba. Estaba absorta en su imagen y totalmente bloqueada; diez años de frustración y rabia habían aflorado de golpe.

Como solía ser habitual en estos casos, la intervención terminó alabando al pueblo laborioso y pacífico de los Países Catalanes, que se veía obligado a defenderse de los agravios y agresiones. Una salva de aplausos de los clientes de la terraza acogió el final del discurso. Marina, muy tensa, empezó a reaccionar y Pau, con una mirada apremiante, le indicó que también aplaudiera.

Los aplausos cesaron cuando una joven de las Juventudes de Defensa Catalana se puso en pie y comenzó a cantar *Los Segadores*, el himno nacional.

La chica tenía una voz excepcionalmente bella.

«Cataluña triunfante,
volverá a ser rica y llena.
Atrás esta gente
tan ufana y tan soberbia».

Se había hecho un silencio absoluto, y otros jóvenes compañeros con el uniforme de las JuCat se pusieron en pie y unieron sus voces a ella.

«¡Buen golpe de hoz!
¡Buen golpe de hoz,
defensores de la tierra!
¡Buen golpe de hoz!».

Parecían un ejército a punto de atacar. Más y más gente se levantaba y se unía al coro. Cada vez parecía que cantaban con más rencor.

«Ahora es hora, segadores,
ahora es hora de estar alerta».

Marina había escuchado y cantado muchas veces el himno. Unas veces en actos oficiales, otras en tono festivo o reivindicativo; pero en este caso era muy diferente, le sonaba a marcha de guerra, cargada de odio.

«Para cuando venga otro junio,
afilemos bien las herramientas».

Incluso peatones que caminaban por los alrededores se unían. Las emociones aumentaban y cada vez se cantaba con más rabia. Algunos gritaban en éxtasis las estrofas del himno.

«¡Buen golpe de hoz!
¡Buen golpe de hoz,
defensores de la tierra!
¡Buen golpe de hoz!»

Casi todos los clientes se habían levantado ya, cantando con las manos unidas. Pau también estaba de pie cantando, tenía cogida la mano de Marina y tiraba de ella para que se levantara, pero estaba paralizada, no podía reaccionar. Tiró de ella con toda la fuerza de la que fue capaz. Finalmente, se levantó y empezó a cantar.

«Que tiemble el enemigo
en ver nuestra enseña,
como hacemos caer espigas de oro,
cuando conviene segamos cadenas».

La emoción en el ambiente estaba llegando a su apogeo. Vio mucha gente con lágrimas en los ojos mientras cantaban. Ella también notaba las lágrimas, pero sabía que eran lágrimas muy diferentes.

«¡Buen golpe de hoz!
¡Buen golpe de hoz,
defensores de la tierra!
¡Buen golpe de hoz!».

Atronadores aplausos y gritos cerraron el canto del himno.

Poco después, cuando estaban sentándose, se oyeron unos gritos provenientes del extremo derecho de la terraza. El dueño y camarero, un tipo alto y gordo, empujaba e insultaba a un par de jóvenes que estaban en una mesa en el extremo de la terraza. Un grupo de las JuCat llegó corriendo y, después de hablar con el dueño, comenzaron a golpear a los jóvenes. Los obligaron a subirse encima de una mesa y a cantar *Los Segadores*, ellos dos solos. Mientras los chicos cantaban con cara aterrorizada, la mayoría de los clientes los miraban con satisfacción. Después, los golpearon nuevamente con saña y se los llevaron.

Marina estaba lívida. Pau le dio de nuevo la mano y se la apretó con fuerza.

El dueño, orgulloso, afirmaba entre los clientes que había sido él, se había dado cuenta de que no habían cantado, creía que incluso se habían reído. Sonreía diciendo entre las mesas que en su bar no se admitían cerdos traidores, que esos habrían aprendido y la próxima vez mostrarían más respeto. Muchos clientes le felicitaban por su actitud y reafirmaban que no se podía permitir el comportamiento de cierta gente, lo que le hacía sonreír con orgullo. Llevaba varias insignias en su camisa y una chapa con su nombre, Pere.

Marina estaba desencajada, no aguantaba más, se levantó. Fue ella la que tiró ahora con fuerza de Pau, al que, mientras se levantaba, le dijo:

—Vamos, iremos a por los documentos esta misma tarde.

CAPÍTULO 28

RAMSET

23 DE SEPTIEMBRE. MIÉRCOLES, 16:00

Se alejaron de la terraza en dirección a la fuente de Montjuïc. Marina, tensa, caminaba rápidamente hasta que, cerca de la fuente, Pau la cogió de la mano y la forzó a reducir la velocidad.

—Tranquila, no conseguirás nada desesperándote.

—Lo siento, no podía soportarlo más —respondió Marina.

—¿Qué has querido decir con que iremos a por los documentos esta tarde?

—Pues eso, esta tarde tendrás los documentos, espero que los utilicéis bien para terminar con este sinsentido.

Marina, nuevamente, incrementó la velocidad. Seguía muy tensa y hablando rápido.

—Esto es una locura a la que entre todos hemos arrastrado a nuestro mundo. Si me cogen, os quedáis sin los malditos documentos. No quiero correr riesgos, sabemos que rescatar a Roser no resultará fácil y conlleva mucho peligro. Os los conseguiré antes. Luego, si aún queréis ayudarme a liberar a mi hija, bien; si no, lo intentaré yo sola.

Pau la detuvo y la obligó a sentarse en un banco cerca de la fuente.

—Tranquila, tranquila..., lo haremos, te ayudaremos en cualquier caso. ¿Dónde están los documentos?

—Has leído la carta de mi marido. Simplemente tengo que ir a un sitio, preguntar por una persona y pedir un encargo. Aparentemente, me los darán sin más.

— Ya, pero «dónde». El lugar exacto.

—Pues está claro: «donde las mejores caracolas del mundo» —dijo Marina sonriendo. El recuerdo le ayudó a calmarse—. Es..., era una broma entre Francesc y yo. Ya sabes, una tontería entre enamorados. Es una panadería; Francesc vivía cerca. Al poco de conocernos, entramos a comprar algo para merendar, estábamos hambrientos. La dependienta era una mujer muy mayor, le preguntamos por los dulces que tenían. Nos dijo que solo le quedaban unas caracolas, buenísimas, sin duda las mejores que podríamos encontrar. Compramos las cuatro que le quedaban, nos fuimos a su piso, preparamos café y, cuando intentamos comer las caracolas, aparte de duras como piedra, estaban vomitivas. Les dimos el título de «las mejores caracolas del mundo». Desde entonces, cuando algo o alguien nos desagradaba profundamente o era rematadamente malo, siempre hacíamos la broma de añadir la coletilla «lo mejor del mundo»: la mejor película del mundo, el mejor restaurante del mundo. Y lo bueno es que se lo podíamos decir a la cara del interesado, «eres el mejor amigo del mundo», «ha sido la mejor cena del mundo», y sonreían agradecidos mientras nosotros aguantábamos las carcajadas. Bueno, si recuperamos los documentos, al final las caracolas habrán sido una gran compra, la mejor compra del mundo —terminó sonriendo Marina, ya completamente relajada.

—¿Dónde está exactamente ese sitio?

Marina se quedó mirándole a los ojos. A pesar de todo, le quedaban las últimas dudas, pero finalmente se decidió.

—Cerca de aquí, en El Paralelo, junto a la boca del metro de Poble Sec.

—Debemos protegernos. Voy a pedir que nos ayuden.

—Debo ir yo sola, tú no puedes ir; si está alguien conmigo no me los darán.

—Entraras tú, pero yo te acompañaré a los alrededores y estaré pendiente, por si necesitas ayuda.

Se levantó y llamó por teléfono, Marina no pudo escuchar la conversación. Al cabo de un rato, se sentó de nuevo en el banco y detalló el plan:

—Debemos esperar una hora. Vigilarán la zona, si hay algún peligro me avisarán. Una vez recuperados los documentos, nos iremos al piso. Deberemos comprobar que no era una trampa: si no nos siguen y en unas horas no nos han detenido, podemos darlo por bueno. Me marcharé con los documentos para pasárselos a algún colega. En caso de problemas, si nos separamos, el punto de encuentro será el piso, pero ya sabes, no vayas directamente, da alguna vuelta hasta comprobar que no te siguen. Fácil, ¿no?

Ella se encogió de hombros. Él tomó sus manos y las apretó entre las suyas.

—No te preocupes, todo saldrá bien.

Unos cincuenta minutos más tarde, comenzaron a caminar en dirección a Poble Sec por las calles principales, evitando cualquier atajo por secundarias.

Cuando estaban cerca de su destino, Pau recibió una llamada. Después de colgar, cambió de dirección y dijo:

—Hay una patrulla cerca. Mejor no correr riesgos.

Dieron un rodeo y se sentaron en un pequeño parque desde el que se podía observar la entrada a la panadería y la patrulla.

—Es un puesto de control móvil. No suelen estar más de dos horas en el mismo lugar —dijo Pau.

Desde su posición, veían cómo aleatoriamente detenían a algún transeúnte y revisaban su identidad. Esperaron algo más de una hora y media hasta que la patrulla se marchó. Los nervios de Marina se desbocaron con la espera. Estaba temblando cuando Pau dijo que era el momento.

Entró en la panadería. Estaba totalmente reformada, no se parecía en nada al local que conoció dieciséis años atrás. Una única dependienta atendía a un cliente y otro esperaba. Cuando llegó su turno, dijo:

—¿Podría hablar con Ramset, por favor?

—Sí… un momento —dijo la dependienta intentando, sin éxito, disimular su cara de sorpresa.

Desapareció en el interior por una puerta con una cortina que estaba detrás del mostrador. Reapareció cinco minutos después, con la cara enrojecida y los ojos brillantes. A Marina le dio la impresión que había estado discutiendo en el interior.

—Espere, por favor —dijo con sequedad y se dispuso a atender a otros dos clientes que habían entrado en la tienda después de Marina.

Cuando la tienda se quedó vacía de clientes, salió, a través de las cortinas de detrás del mostrador, un hombre de aspecto árabe, vestido con ropas blancas. Marina supuso que era el panadero. Su cara le resultaba familiar, tardó unos segundos en reconocerlo: era un ayudante personal de su marido, una especie de mayordomo y chofer. Al menos lo era diez años atrás, cuando ella se fue. Estaba segura de que no se llamaba Ramset.

—Hola, soy Ramset. ¿Qué desea? —dijo sin dar ninguna señal de reconocerla; tampoco ella lo hizo.

—Vengo a recoger el pedido de la familia Probst.

—¡Oh! Lo lamento, he tenido un día muy complicado, estoy un poco retrasado. Su pedido aún no está terminado. ¿Le importaría venir dentro de una hora? Entonces seguro que estará totalmente listo.

Marina estaba muy tensa, hizo un esfuerzo por sonreír, decir gracias y salir del local sin desmayarse. Caminó en dirección al parque; vio a Pau ir a su encuentro.

—¿Los tienes? —preguntó él.

—Aún no, debo regresar en una hora.

—¿Esperamos en algún sitio?

—No, andemos. Si me paro, me pondré a temblar —dijo agarrándose del brazo de Pau. Tenía todo el cuerpo en tensión.

Le dio detalles de todo lo ocurrido dentro de la tienda y Pau hizo una llamada. Siguieron caminando.

—¿Has observado algo extraño?

—No… bueno, tal vez sí… Los clientes. Todos eran hombres. Es un poco extraño que todos los clientes de una panadería sean hombres.

—¡Eres una buena observadora! Pero no te preocupes, está todo controlado —dijo guiñando un ojo.

Cinco minutos antes de la hora fijada ya estaban de vuelta, cerca de la panadería. Pau hizo otra llamada. Al finalizar, dijo:

—No ha pasado nada anormal en este tiempo, ni dentro, ni en los alrededores. Puedes entrar. Cuando salgas, es más seguro que te marches a casa directamente tu sola. Yo te seguiré, comprobaré que no ocurre nada extraño. Nos vemos en la casa.

Entró. Solo estaba la dependienta, que ahora la miró con franca antipatía y, sin decir nada, desapareció tras la cortina. Al poco tiempo apareció Ramset con un pequeño paquete de dulces, envuelto en un papel blanco con el nombre de la panadería impreso y un lazo rojo.

—Aquí tiene su pedido. Perdone el retraso, hemos tenido un día complicado.

—Gracias. No se preocupe, está todo bien.

—Son cuarenta y cinco pirrals.

Marina colocó el móvil en el lugar indicado en el mostrador y colocó su dedo en el lector.

—Muchas gracias, que tenga un buen día —dijo Ramset.

Marina se dirigió directamente a la boca de metro que estaba junto a la panadería. Confiaba en que Pau estaría cerca y vigilando, pero no hizo ningún intento por buscarlo con la vista. Estaba más tranquila que cuando salió la primera vez.

A unos quinientos metros antes de llegar a la casa, Pau la alcanzó y se puso a su altura.

—¿Todo bien?

—Sí. Ningún problema —dijo Marina.

Nada más entrar en la casa, abrieron el paquete; contenía dulces variados. Los dos se lanzaron sobre la única caracola. La partieron por la mitad y en su interior, envuelta en un plástico, estaba una memoria USB.

Pau la conectó al ordenador situado en el salón, echó un vistazo a su contenido y, a continuación, hizo una copia de seguridad en otra memoria. Guardó el original y se dispusieron a revisar el contenido de la copia.

Los documentos estaban agrupados en 3 carpetas. «Personal» y «Control» contenían cientos de documentos, grabaciones y vídeos aparentemente elaborados en el ministerio responsabilidad de Francesc, el de Información. Por una parte, contenían información de unas doscientas personas de todos los niveles del gobierno. Abrieron al azar uno de los nombres, que resultó ser un secretario de Estado, donde pudieron ver, aparte de información personal y familiar, en qué casos de corrupción estaba implicado, familiares relacionados en negocios turbios, aficiones, vicios ocultos, etc. A cada persona se le asignaba un grado de lealtad al régimen, con una puntuación de 1 a 10. No pudieron evitar entrar en la carpeta del honorable presidente Oriol, que contenía gran cantidad de documentos y, entre ellos, varios vídeos. Reprodujeron uno de ellos, etiquetado P_Oriol_0151.

—¡Joder! —no pudo contener la exclamación. Pau continuó hablando divertido y sonriendo—. Había oído rumores, pero no me lo podía creer. Es alucinante.

—Es nauseabundo. ¡Por favor, quita eso! —dijo Marina, gesticulando con las manos.

En «Control», había información detallada de sucesos importantes que se habían manipulado para presentarlos como positivos. También contenía la lista de todos los agentes que colaboraban con el Ministerio y la lista de personas en todos los medios de comunicación y empresas importantes que se encargaban de asegurar que cualquier información publicada estuviera convenientemente maquillada y fuera positiva para el régimen.

Por último, estaba la carpeta «Seguridad», con información proveniente del Ministerio de Defensa Nacional. Contenía claves de acceso, claves de encriptado, certificados digitales y otras informaciones técnicas que utilizaban los diferentes sistemas de seguridad, no solo en Cataluña, sino también de algún otro país, conseguidos por los servicios de información en Federación Ibérica, Francia, País Vasco, etc. Se completaba con los listados de información de tropas y policías disponibles en cada área y todos los componentes de los servicios de información catalanes que trabajaban en los Países Catalanes y en países de alrededor.

—Realmente alucinante, parece que tu marido hizo un trabajo portentoso —dijo cuando terminó de revisar los documentos—. Nosotros seguimos en peligro de ser detenidos. Es importante que, si se diera el caso, los intentemos confundir con la información conseguida y no sepan exactamente lo que tenemos.

Sacó dos memorias USB más. Durante una hora estuvo seleccionando y copiando archivos en estas. Una vez terminado el proceso, le explicó el plan a Marina.

—Estas memorias contienen una pequeña parte de la información. Nosotros las llevaremos encima. Si nos atrapan, confiemos en confundirlos y que piensen que esto es todo. Déjame uno de los zapatos que llevarás mañana.

Marina, sorprendida, le dejó su zapato derecho. Con un cuchillo, hizo un pequeño corte en la tela interior, en la zona central izquierda, e introdujo la memoria por el corte que había realizado.

—Pruébatelo.

—Perfecto —dijo Marina—, no noto nada.

Hizo lo mismo con su zapato, se lo probó y también quedó satisfecho.

—Ya tenemos un señuelo en caso de necesidad. Hora de marcharme, debo entregar esta información —hizo una pausa, miró fijamente a Marina y continuó hablando—. Mañana es el gran día para ti. Si todo va bien, a estas horas estarás en un lugar seguro abrazada a tu hija. Recuerda, habrá alguien de los nuestros por allí para ayudarte en un momento determinado, pero irás tú sola y actuarás sola, todo depende de ti. Llega temprano. A partir de las diez y media tienes que estar preparada por si surge la opción de contactar con tu hija. Pero te insisto otra vez, no fuerces la situación. Si no pudiera ser mañana, ya surgirá otra ocasión. Tendrás la furgoneta blanca esperando en cualquier caso. ¿Todo claro?

—Sí, más o menos. ¿Te volveré a ver?

—Me gustaría, pero no lo sé…

—Bueno… pues… muchas gracias por todo. A pesar de no tener un inicio muy bueno, ha sido un placer estar contigo.

—Gracias a ti. La información tiene pinta de que nos ayudará a mejorar nuestro futuro. Mucha suerte mañana, eres una mujer excepcional. Te mereces poder recuperar a tu hija. Espero que nos podamos ver en mejores circunstancias y…

No pudo terminar la frase, Marina se abrazó a él.

—Buena suerte a ti también. Márchate ya, si no, voy a terminar llorando —le dio un beso y lo empujó fuera de la casa.

Cuando salió, Marina sintió un vacío inmenso en el estómago.

CAPÍTULO 29

HIJA

24 DE SEPTIEMBRE. JUEVES, 07:00.

Le parecía asombroso lo que había cambiado su vida en las dos últimas semanas. No era solo que estuviera a punto de recuperar a su hija después de diez años resignada, esperando no sabía muy bien qué, sino que ella misma había cambiado, era otra persona. No fue una transformación súbita, pero la anterior Marina había ido desapareciendo, poco a poco, desde el día que escuchó la noticia de la muerte de Francesc. Esa Marina no regresaría jamás.

Se miró en el espejo. Se fijó en que sus ojeras estaban desapareciendo. Sonrió a su reflejo y se sorprendió al ver su cara sonreír; no estaba acostumbrada. Se quedó en esa posición unos segundos, hasta que notó lágrimas en sus ojos.

—¡No te pongas sentimental! —se dijo en voz alta.

A las ocho y media salió de la casa. Solo llevaba una mochila con lo necesario para la piscina. Si todo iba como habían planeado, no volvería a esa casa. Dentro de unas horas estaría abrazada a su hija. El final estaba muy, muy cerca.

Al llegar al exterior de la piscina, observó que la furgoneta blanca para la huida aún no estaba en su sitio. Cruzó por su mente un mal presagio, pero lo rechazó de inmediato. Era temprano, hasta las diez y media no llegarían las niñas, disponían de mucho tiempo para traer la furgoneta.

Era de los primeros clientes de la mañana. Entró en el vestuario, se situó en una taquilla cercana al pasillo de acceso a la zona de las pistas polideportivas. Dejó su mochila. Antes de cambiarse, se adentró una vez más por el pasillo hasta la zona de vestuarios donde estaría su hija, observó los detalles y regresó al suyo para cambiarse. Estaba confiada y tranquila; para bien o para mal había hecho todo lo que había podido.

Una vez más, mientras nadaba, examinó mentalmente el recorrido de huida desde el pasillo de los vestuarios hasta la furgoneta en la calle. Todo controlado, podía reproducir en su mente hasta los más mínimos detalles del camino de huida. También repasó las frases que le diría a Roser. Pau le advirtió que no podía dudar, debía decir frases cortas y directas para que su hija entendiera la situación y salieran rápido. Asimismo, le recomendó controlar las emociones. No podían quedarse abrazadas llorando de la emoción, ya tendrían tiempo para eso. Seguía sin estar nerviosa; ahora estaba emocionada, en muy poco tiempo estaría con su hija. Adiós a diez años de pesadilla.

Regresó al vestuario. A las 10:30, ya cambiada, se situó en un lugar estratégico del pasillo entre el vestuario de las niñas y la zona de baños y duchas. Si una niña iba desde el vestuario al baño o la ducha debería pasar obligatoriamente a su lado.

La mochila la dejó en el vestuario para evitar molestias en la huida. Solo llevaba el móvil en el bolsillo y una chaqueta larga que pondría sobre los hombros de Roser para disimular sus ropas deportivas. Todo estaba preparado para el momento en que surgiera la oportunidad.

Poco después llegaron dos grupos de niñas, con poco más de un minuto de diferencia. Todas llevaban la ropa deportiva puesta, apenas estuvieron unos segundos en el vestuario para dejar sus mochilas y dirigirse rápidamente a las pistas. No pasaron por delante de Marina, pues llegaron y se marcharon por la otra parte del pasillo. Intentó distinguir a su hija, pero no la localizó en ninguno de los dos grupos.

¿Y si no hubiera venido? Podía estar enferma, lesionada o cualquier otra causa. En cualquier caso, debía seguir con su plan y esperar otra hora hasta que los equipos volvieran al vestuario en el descanso del partido. No podía quedarse allí todo el tiempo, pues llamaría la atención. Regresó al vestuario de la piscina, se secó el pelo, se maquilló e hizo otras actividades para mantenerse ocupada y no llamar la atención.

Comprobaba el reloj continuamente y, por fin, a las 11:20 fue nuevamente a su posición de vigilancia en el pasillo. A las 11:25 los dos equipos regresaron a los vestuarios en medio de un gran griterío de las niñas, comentando el partido en voz alta. Nuevamente, hizo un esfuerzo para distinguir a Roser, pero todo fue inútil. Empezó a preocuparse.

Cada equipo entró en su vestuario, de pronto las voces cesaron. Solo se oían las voces de las entrenadoras, desde su posición Marina no entendía lo que decían, pero supuso que estaban dando instrucciones sobre el partido. Finalmente, las voces de las entrenadoras se apagaron y volvió el griterío de las jugadoras.

Algunas niñas comenzaron a pasar por delante de ella camino del baño. Apenas reparaban en Marina, pues solían ir corriendo y hablando a gritos entre ellas. Los minutos pasaban, cada vez menos niñas salían del vestuario. El descanso llegaba a su fin. Marina seguía sin tener constancia de que su hija estuviera allí. Al final del partido, cuando las niñas regresaran, tendría una nueva oportunidad, pero la idea de que su hija no había acudido al partido cobraba más fuerza.

De pronto salió una niña, sola. La vio y se quedó parada frente a ella, mirándola fijamente. A pesar de todos los avisos y toda la preparación para controlar sus sentimientos, no pudo evitarlo. Una corriente eléctrica recorrió su columna vertebral, notó cómo sus pelos se erizaban y sus ojos se llenaban de lágrimas. Roser estaba frente a ella. Tuvo que hacer un gran esfuerzo para no lanzarse sobre la niña a abrazarla y besarla. Diez espantosos años desde la última vez, pero ahora todo eso era pasado, tenía a su hija de nuevo y ya no dejaría que nada las separara.

No podía dejar de mirar su cara y vio en los ojos oscuros de la niña que, de alguna forma, la había reconocido. Sabía que estaba con su madre. Sonrió a la niña y empezó la frase que tanto había preparado:

—Roser… —le costaba hablar, tenía la boca seca de la emoción; carraspeó y consiguió continuar—. Roser, cariño, soy tu madre, estás en peligro y vengo a ayudarte. Tu padre...

No pudo continuar. Vio espanto en los ojos de la niña, que empezó a gritar, presa del pánico:

—¡Españoles! ¡Españoles! ¡Socorro, ayudadme!

Roser gritaba cada vez más fuerte, totalmente fuera de sí y congestionada por el terror.

—¡Socorro! ¡Españoles! ¡Españoles! ¡Socorro, ayudadme, rápido, por favor!

Vio el miedo en la cara de la niña e intentó hablar para explicar que no tenía nada que temer, pero no podía hablar, no podía moverse, estaba paralizada. El aire no entraba en sus pulmones, un dolor agudo le cruzaba la cabeza, donde retumbaban los aterradores gritos de su hija.

Así, inmóvil, se quedó hasta que policías y profesores se abalanzaron sobre ella. La derribaron, su cabeza golpeó con fuerza el suelo. La presión de varios cuerpos sobre el suyo no la dejaban respirar. Gritaban cosas ininteligibles a su alrededor. Solo entendía los gritos de pánico de Roser pidiendo ayuda, pero no estaba segura si realmente seguía gritando o era un eco que aún sonaba en su cabeza.

Estuvo varios minutos inmovilizada en el suelo, no podía ver nada. Seguían los golpes y los gritos, notó sangre en la boca. No hacía nada, simplemente procuraba no moverse y proteger su cabeza. Luego, entre varias personas, la arrastraron de los brazos escaleras arriba. Su cabeza se balanceaba sin control y sus piernas se golpeaban violentamente contra los escalones, pero no notaba nada. Se preguntó si estaría muerta, pero no, para su desgracia no lo estaba. La metieron con rabia en un vehículo y la tumbaron bocabajo.

Comenzó a sonar una sirena y el vehículo arrancó. La cabeza le estallaba, intentó tocársela, pero solo rozó una bota que la aplastaba contra el suelo. Seguían los golpes y los gritos.

Era el fin; había perdido, pero no le importaba, ahora lo único que quería es que su hija se calmara y dejara de estar aterrorizada.

CAPÍTULO 30

ANDREU

24 DE SEPTIEMBRE. JUEVES, 16:00

Marina iba caminando por un parque, cuando vio una rosa blanca pintada en una pared cercana. No había nada más, ni nada escrito, solo la rosa blanca. Le resultó familiar, pero no recordaba de qué. Hizo un esfuerzo, pero no consiguió recordar. Siguió intentándolo, pero la cabeza le dolía mucho, estaba a punto de estallar. Todo el cuerpo le dolía; no podía moverse y no había luz. Entonces, abrió los ojos. Estaba en una habitación muy iluminada, vacía. Paredes, techo y suelo cubiertos de azulejos blancos, con un gran espejo y una puerta en una de las paredes. Todo blanco, excepto a su alrededor que veía manchas rojas.

Entonces recordó. No sabía el tiempo que había trascurrido desde la piscina. Estaba acurrucada en una esquina, sus pantalones estaban húmedos y calientes. Le dolía todo el cuerpo, especialmente la cara y la cabeza. Con gran esfuerzo, se tocó la cara, la tenía cubierta de sangre seca. Cada movimiento era un suplicio y decidió estar lo más inmóvil posible.

Pasó un tiempo. Alguien entró, se acercó a ella, pero no pudo verlo. De pronto, notó una masa de agua fría cayendo sobre su cabeza. Con la impresión, todo su cuerpo se tensó violentamente, causando un dolor tan intenso que lanzó un alarido y estuvo a punto de perder nuevamente el conocimiento. El agua, teñida de rojo, salió por un desagüe en el centro de la habitación.

El hombre del agua se marchó. Al poco entraron otros dos con una silla blanca y la colocaron en el centro de la habitación. Luego, entre los dos la levantaron y la sentaron en la silla. Engancharon sus manos por detrás del respaldo con unas bridas.

La dejaron sola durante unos minutos, hasta que, de improviso, entraron tres hombres. Uno de ellos le habló con mucho ímpetu.

—¡Hola, preciosa! Bueno… es una forma de hablar… por los viejos tiempos —dijo sonriendo, mientras caminaba a su alrededor observándola con detalle.

Era Andreu. Marina lo miraba como a un fantasma. Imágenes del pasado inundaban su mente.

—Has cambiado mucho desde la última vez que nos vimos. Entonces aún estabas apetecible. Ahora… mírate…, estás asquerosa. No tienes muy buen aspecto y apestas. Creo que ya no eres una de mis favoritas. Casi prefiero a tu hija. ¿Lo entiendes, verdad?

Marina, destrozada, intentaba mantenerse inmóvil. Los comentarios de Andreu sobre su hija le abrían las entrañas, pero no dijo nada y no reaccionó de ninguna forma, no pensaba darle ese placer. Se quedó completamente inmóvil e inexpresiva. Su mente había retomado el control y empezaba a pensar con claridad.

—Bueno, lo siento, debemos dejar los temas personales, no disponemos de mucho tiempo. Creo que el imbécil de tu marido te envió algo que nos pertenece, ¿no?

Permaneció callada, mirándolo desafiante. No le daría el gusto de hablarle.

Pero, pasados solo unos pocos segundos, Andreu la abofeteó con tal fuerza que hizo que su cabeza se balanceara violentamente.

—Contéstame inmediatamente cuando te pregunte, zorra. ¡No me hagas perder el tiempo!

Marina cedió.

—No... no sé de qué me hablas, yo...

No le dejó terminar la frase, ahora le propinó un golpe con tal furia que salió lanzada de la silla, golpeándose con fuerza contra la pared.

—Por dios, te he dicho que no me hagas perder el tiempo y no me tomes por idiota. Tenemos métodos que sacarán hasta el último pensamiento de tu mente. Pero vamos a empezar por tu hija, vas a ver cosas que te arrepentirás de haber visto y de todas formas conseguiremos la información. Tú misma.

Luego, dirigiéndose a los dos hombres, que la estaban colocando en la silla otra vez, les ordenó:

—Traed a la niña. Esto va a ser divertido.

—No..., espera, te lo daré —claudicó Marina.

—¿Dónde lo tienes? —preguntó Andreu.

—No lo tengo aún —Marina vio la expresión de cólera en la cara de Andreu, y continuó hablando rápidamente antes de que reaccionara—. Pero iba a recogerlo después de llevarme a Roser. Aún puedo ir y os lo entrego.

Estaba perdida, lo tenía asumido y trataba de ganar tiempo. Pensó en Pau y deseó fervientemente que no le hubieran capturado.

—¿Dónde tienes que recogerlo?

Marina contó dónde dejó Francesc los documentos, que tenía que ir sola y que solo se lo darían a ella.

Cuando terminó, Andreu ordenó a los dos policías que estaban en la habitación que fueran urgentemente en busca del director.

Se quedaron los dos solos y Andreu le preguntó:

—¿Te contó por qué lo hizo?

—No, pero supongo que se cansaría de aniquilar y generar odio.

—No digas tonterías —dijo él, riendo—. Nosotros no hacemos eso. Nuestro pueblo nos ama porque nos preocupamos de ellos, cuidamos de ellos, les damos lo que desean y necesitan. Están interesados en comer, cagar, follar; en tener alguien a quien seguir, que les mande para no tener que pensar. Además, de vez en cuando, los sacamos a la calle con banderitas y canciones para que estén orgullosos de lo que son. Eso es lo que hacemos nosotros, darles lo que quieren. Les hacemos sentirse diferentes a los demás, superiores. Están orgullosos de pertenecer a su patria. ¿Qué más pueden pedir?

—Entonces, se cansaría de hacer feliz a tanta gente.

—Eso está bien, a pesar de todo, no has perdido el humor, ¿eh? Te hará falta.

Andreu paró unos segundos, consultó el reloj y continuó en voz baja. Se acercó, hablándole casi al oído.

—Lo que pasó realmente es que se volvió loco. Fue un accidente. Me acabo de enterar gracias a sus papeles. Te evitaré los detalles escabrosos de la historia, pero ¿sabías que tu amadísimo marido te guardaba algún secreto? Sí, lo siento, incluso al principio que aparentaba estar tan enamorado de ti.

¿Te puedes creer que tenía otra hija unos pocos años mayor que Roser? No te culpo de no saberlo, ni yo mismo lo sabía... Bueno, te resumo, ocurrió que esa otra hija murió en un desafortunado accidente y eso le hizo volverse loco. ¿Te lo puedes creer? ¿Teniéndolo todo?

Marina no podía hablar. Ni siquiera veía. Su mente estaba bloqueada con la imagen de los ojos oscuros de su hija, permaneció así durante unos minutos que Andreu la dejó sola en la habitación.

Regresó con el director de la policía catalana y los dos agentes que fueron en su busca. Pidieron a Marina que repitiera dónde estaban los documentos y cómo tenía que recuperarlos. Al terminar, el director dio unas órdenes a los agentes.

—Poned una vigilancia discreta desde ahora mismo en esa dirección. Exactamente en dos horas llegaremos allí con ella. Que absolutamente nadie se acerque a ella o intervenga hasta que yo dé la orden. Nos reuniremos antes de salir para revisar los detalles. Ahora llevadla a que se arregle un poco y dadle alguna ropa limpia.

Sacaron a Marina de la sala y se quedaron solos Andreu y el director.

—Cuando recuperes la información, me la envías inmediatamente —dijo Andreu—. Asegúrate de que nadie ve esa información, hasta que yo personalmente lo autorice. Cuida de que a ella no le pase nada. Sacadle toda la información: cómo contactó con ella Francesc, quién le ha ayudado, cuándo, cómo. Extraedle absolutamente todo, hasta el último detalle. Utiliza cualquier medio.

—Por supuesto, ministro.

—¿Y de la niña? ¿Sabemos ya algo? —preguntó Andreu tenso.

—Todavía no, pero estamos cerca. Se está analizando a cada una de las personas que estaban en el polideportivo en ese momento y todos sus movimientos. Antes o después la tendremos, no se podrán ocultar.

—¡Antes o después! ¿Por qué no ahora? No puedo entenderlo. ¿Y cómo desapareció de la piscina la niña? Maldita sea, tenemos a todo el mundo controlado. ¿Cómo es posible que no la hayas encontrado? —dijo Andreu con irritación.

—Bueno… había mucha gente… Todos se centraron en neutralizar a la madre... Y claro, no repararon…

—¡Quiero a la niña, ya!— gritó Andreu, golpeando con el dedo índice en el pecho del director—. Utiliza los recursos que sean necesarios, pero encuéntrala. Te hago responsable con tu vida de la aparición de la niña —Andreu golpeó con violencia la puerta y salió.

El director, completamente lívido, se quedó solo en la sala.

CAPÍTULO 31

PERE

24 DE SEPTIEMBRE. JUEVES, 20:00

Cortaron las bridas que le sujetaban las manos a la espalda para que pudiera lavarse. Le dolía todo el cuerpo, pero sintió alivio al liberar sus manos y poder mover los brazos. El espejo le devolvía una imagen aterradora. Su deformada cara y su pelo estaban cubiertos de sangre seca. Se quitó la camisa, metió la cabeza debajo del grifo. Con suavidad, se frotó pelo y cara para eliminar la sangre y evitar que se le abrieran de nuevo las heridas. Repitió la operación varias veces hasta que el agua dejó de teñirse de rojo. Se miró en el espejo una vez más. Su mejora era patente aunque, pese a todo, su aspecto seguía siendo lamentable, con los pómulos y los ojos hinchados, numerosos cortes y la piel amoratada. Le dieron una camisa y unos pantalones limpios. Al quitarse los suyos, comprobó que sus piernas también estaban llenas de heridas y golpes. «Solo es el principio», pensó. Estaba condenada; lo único a lo que podía aspirar era a no sufrir demasiado.

Se juntaron nuevamente con el director en el garaje, donde, de forma imperativa y amenazante, le dio instrucciones de cómo actuar.

—Te dejaremos a cien metros de la puerta. Ve directamente a recuperar los documentos. En cuantos los tengas, sales y me los das a mí, únicamente a mí. No intentes nada, estarás vigilada continuamente. Te arrepentirás si lo haces; te lo juro.

Marina afirmó con la cabeza.

La montaron en el asiento trasero de un vehículo con un policía de paisano a cada lado. Otros vehículos fueron ocupados por el director y más policías de paisano. Formaron una caravana de 4 y se pusieron en marcha hacia el lugar indicado por Marina. A unos cien metros del destino, detuvieron el vehículo y descendió. En ese momento fue consciente de la hora; estaba empezando a anochecer.

Caminó, con dificultad, hasta la plaza de la Independencia. Al llegar, se sorprendió al reconocer en una pared el dibujo de la rosa blanca del sueño. Había pasado varias veces por ahí en los últimos días y no había sido consciente de que estuviera. Entonces reparó que era exactamente la misma rosa que vio en la Ciudad Universitaria de Madrid.

Siguió su lenta marcha. Llegó a la terraza donde había estado el domingo con Pau. Había pocos clientes; localizó con la vista a Pere, el dueño-camarero, que recordaba del día anterior. Se dirigió hacia él, que la miró con desconfianza.

—Medio pan con tomate y un vaso de agua, por favor.

—¿Queeé? —dijo Pere, más sorprendido por el aspecto de Marina que por su petición.

—Quiero tomar medio pan con tomate.

—¡No tenemos «medio pan con tomate»! Tiene que ser «pan con tomate», simplemente.

—Está bien, un pan con tomate.

Pere dijo algo sobre vagabundos y entró en la cocina.

Marina tenía la seguridad de estar siendo vigilada. Cogió una hoja que estaba encima de la barra, contenía el corto menú de bebidas y comidas. Con disimulo sacó el pie del zapato y dejó caer la carta al suelo, al lado del zapato. Se agachó a recogerla; cogió la memoria oculta en el interior de su zapato. La dejó en la barra, debajo de la hoja del menú.

Pere regresó con el pan con tomate. Lo puso en la barra con un gesto osco. Marina le dijo:

—Bueno, yo tenía suficiente con medio, pero está bien, muchas gracias —y, antes de que pudiera reaccionar, le cogió su mano derecha entre las suyas y continuó hablando—. Es el mejor camarero del mundo, muchísimas gracias. No lo olvidaré nunca.

Pere, entre sorprendido y enfadado, tardó uno segundos en reaccionar; finalmente, liberó su mano, se la miró con asco y entró nuevamente en la cocina. Ella se bebió el vaso de agua, cogió la memoria y salió del bar.

El director la esperaba a unos metros de la puerta. Le enseñó la memoria y le hizo un gesto con el pulgar hacia arriba. El director dio una orden a unos policías y poco después comenzó a oír la voz de Pere, inicialmente sorprendido, pero luego cada vez más asustado. Gritaba que él no había hecho nada. Unos segundos después sacaron, entre cuatro policías, a rastras al corpulento hombre. Seguía gritando que era un error. Lo introdujeron en un vehículo y los policías se fueron con él. Pensando en lo que le pasaría, Marina sintió verdadera lástima por él. No estaba orgullosa de su venganza, pero le había permitido ganar tiempo.

Llegó a la altura del director, que estaba con dos agentes. Marina observaba muy atenta a su alrededor, había decidido terminar con eso, no permitiría que la llevaran de nuevo a las instalaciones policiales. Un vehículo, con una sirena encendida en la parte superior, se acercaba a gran velocidad. Pensó que podía ser su oportunidad, se lanzaría sobre él y todo habría terminado. Calculaba el momento oportuno de lanzarse a la carretera, cuando el vehículo frenó bruscamente y terminó deteniéndose cerca de ellos. Salieron dos hombres de paisano con aspecto de policías, que se dirigieron corriendo hacia ellos.

—¡Jefe! ¡Jefe! ¡Han localizado a la niña! —los dos hombres corrían, casi sin respiración—. Están en un piso a dos manzanas de aquí, Les Corts, esquina con Vilamari. Les tenemos, no pueden escapar.

El director, visiblemente nervioso, trató de organizar la situación. Cogió la memoria de la mano de Marina y se la dio a los dos policías que habían estado esperando con él.

—Llevad esto al Ministerio inmediatamente y se lo dais al ministro personalmente. Solo a él. Bajo ninguna circunstancia a otra persona, sea quien sea. ¿Entendido? —los hombres afirmaron y se marcharon a toda velocidad.

Llamó a otros cuatro agentes que aún quedaban en los alrededores.

—Capitán —dijo a uno de ellos—, la niña está localizada. Es aquí al lado, vamos allí ahora mismo.

Marina estaba conmocionada al oír hablar de «la niña». ¿Sería su hija? No entendía nada. El director la miró a ella y a los dos policías recién llegados, a los que ordenó:

—Llevad a esta a la dirección general, sección 5. Que la vayan preparando, pero que no empiecen, que esperen mis instrucciones.

Marina reaccionó e intentó salir corriendo, pero apenas se había movido cuando los dos policías la sujetaron fuertemente y la arrastraron hasta el coche. La metieron en el asiento posterior con uno de los policías. Ya no tenía escapatoria, pensó.

Arrancaron. Iba sentada en la parte izquierda del asiento trasero, con un policía a su derecha, y tenía las manos libres.

Estaban a punto de cruzarse con un camión que circulaba en sentido contrario. Miró la puerta; aún disponía de una oportunidad, no la llevarían viva.

Se lanzó hacia la puerta y su mano derecha asió el tirador.

CAPÍTULO 32

JOSEP

24 DE SEPTIEMBRE. JUEVES, 21:45

Intentó abrir la puerta con todas sus fuerzas, pero estaba bloqueada. Histérica, comenzó a golpear y dar patadas. El policía junto a ella la sujetó con firmeza y dijo:

—¡Tranquila! Estás a salvo.

Marina no escuchaba, seguía golpeando la puerta, intentando abrirla.

—¡Tranquila! ¡Cálmate! Somos amigos de Pau. Estás a salvo. Ya ha pasado todo. ¡Somos amigos de Pau, te vamos a ayudar, cálmate!

—¿Qué? ¿Pau? —preguntó confundida, no entendía nada. Paró de golpear y dar patadas.

—Te vamos a ayudar. Estás a salvo, tranquila.

La sirena dejó de sonar y el vehículo redujo la marcha. Giraron a la izquierda y siguieron circulando por calles secundarias. Marina aún tardó en reaccionar, finalmente preguntó:

—¿Y mi hija? ¿La niña de la que hablaban era ella? ¿Dónde está? ¿Qué ha pasado? ¿Van a detenerla?

—No pasa nada. Está a salvo. Era un truco para que dejaran de prestarte atención.

—¿Pero cómo? En la piscina… —dijo Marina.

—En la piscina hubo mucha confusión…; mañana te darán los detalles, ahora lo urgente es ponerte a ti a salvo.

Entraron en un aparcamiento, bajaron al segundo nivel y detuvieron el vehículo.

—Vamos, rápido, sal de este coche. Monta en el asiento del copiloto de ese azul que está a tu derecha —dijo el hombre, que también salió. Con un gesto de la mano, se despidió del conductor, que inmediatamente arrancó.

A Marina le costó salir y caminaba lentamente hacia el otro vehículo. Cada vez le dolían más los golpes y las heridas.

—Ánimo, ya queda poco. Cuando lleguemos, te verá un médico —le dijo el policía.

Antes de arrancar, sacó dos teléfonos de la guantera y le dio uno a Marina.

—Este está configurado para ti, enciéndelo. Ahora somos Irene y Josep, un matrimonio de Vilafranca. Nos dirigimos allí, está a unos sesenta kilómetros, tardaremos una hora. En nuestra supuesta casa estarás segura y te podrás recuperar.

Durante el resto del viaje no hablaron demasiado. Marina no quería presionarlo, pero insistió en preguntar por su hija. Josep aseguró que no tenía detalles y que le darían más información al día siguiente.

En la casa la esperaban Mercé, de unos sesenta años, y Bea, una joven doctora. Josep se marchó. Las mujeres le pidieron a Marina que se duchara para limpiar bien las heridas antes de hacerle una revisión y curarla. Le costaba mover las articulaciones de su dolorido cuerpo, por lo que Mercé la ayudó.

—¡Dios mío, cómo te han dejado esos salvajes!

—Y no habían empezado… Parece que esto solo era el aperitivo…, ¿cómo sería el plato principal? —intentó bromear Marina, a pesar de un intenso dolor que la mareaba.

Bea curó las heridas y la revisó.

—Afortunadamente, no hay nada roto y parece que no tienes daños internos. En cualquier caso, hay que estar vigilantes, si notas algún síntoma raro, me lo dices inmediatamente. Es mejor que no comas nada esta noche. Te voy a dar un analgésico y algo para que te ayude a dormir, es lo mejor que puedes hacer ahora.

Estaba exhausta y se dejó caer en la cama.

CAPÍTULO 33

MARINA

25 DE SEPTIEMBRE

Durmió profundamente hasta el mediodía del día siguiente, cuando Mercé entró en la habitación, abrió las ventanas y la despertó.

—¿Qué tal? ¿Estás mejor?

—Sí... Mejor, gracias —dijo Marina con dificultad.

—En una hora vendrán para hablar contigo, debes prepararte. Ya tienes listo el desayuno; estarás hambrienta.

Las piernas le temblaban y sentía dolor en cada centímetro de su cuerpo. Intentó ponerse en pie, pero cayó sobre la cama. Su cuerpo se resentía, por contra su mente funcionaba con una agilidad sorprendente. Recordaba los acontecimientos de los últimos días en sus más ínfimos detalles; las facciones y tono de voz de cada una de las personas que la habían ayudado; la profunda tristeza de la madre de negro en el tren; la alegría con la que Carmen, en Plasencia, se jugó, y perdió, la vida por ella y, sobre todo, la cara de pánico de su hija al verla.

Con la asistencia de Mercé, consiguió levantarse nuevamente y prepararse. Cuando aún no había terminado de desayunar, llegó Pau.

A pesar de su estado, saltó de la silla y se abrazó a él con fuerza, sin poder decir una palabra. Llorando, permaneció abrazada durante varios minutos. Cuando consiguió calmarse, se separó de Pau y le miró a la cara. Al ver sus ojos húmedos, dijo sonriendo, aunque con lágrimas todavía en los suyos:

— ¡Eh! ¡Recuerda que la señorita tonta soy yo, tú eres el tipo duro! ¿No te irás a poner a llorar tú también?

Pau le devolvió la sonrisa y la abrazó nuevamente.

—Todo salió mal —dijo Marina—. No esperaba esa reacción de mi hija. En todos mis sueños, Roser se emocionaba al verme y nos fundíamos en un abrazo, las dos llorábamos de alegría al estar nuevamente juntas. Una escena idílica. Nunca me imaginé que pudiera ser de otra forma y mucho menos que sintiera terror de mí. No estaba preparada y no supe actuar. ¿Qué ha pasado? ¿Está bien?

— Sí, está bien, pero convencida de estar secuestrada por un grupo de sanguinarios terroristas. Es normal lo que pasó. Lleva toda su vida oyendo que ella pertenece a la parte buena del mundo y que debe defenderse de los otros, asesinos inhumanos. Eso un día tras otro, en el colegio, en la televisión, en casa y en todas partes. Toda la vida escuchando que todo lo malo que ocurre en el mundo es por culpa de los «otros». ¿Quién puede resistirse a eso? Y no, no todo salió mal. Estuvo a punto de salir muy mal, pero estamos en camino de arreglarlo.

—¿Qué pasó en la piscina? ¿Cómo conseguisteis llevárosla?

—Fue relativamente sencillo. Mucho más complicado nos resultó rescatarte a ti. Como te puedes imaginar, hubo mucha confusión. Todos se centraron en ti y en comprobar si tenías colaboradores dentro. Unos amigos, los que debían ayudarte en la huida, aprovecharon para sacar rápidamente a Roser con la justificación de protegerla.

—¿Dónde está?

—En un lugar seguro, no te preocupes, no corre ningún peligro.

—¿Puedo verla?

—Ahora no es conveniente. Correríamos un riesgo innecesario moviéndonos de un lado a otro contigo. Tu amigo, el ministro, echa espuma por la boca; la prioridad nacional ahora mismo es encontraros a ti, a tu hija… y los documentos —dijo sonriendo Pau—. Además, tu hija no está preparada aún. En dos o tres semanas verá las cosas de otra manera y podrá elegir libremente regresar o irse contigo. Tenemos buenos psicólogos, pero no será fácil para ella ese proceso. Escuchará cosas que no le gustarán, tendrá que leer la carta de su padre…

—¡Es solo una niña! ¿No puedo estar a su lado para ayudarla? —interrumpió Marina.

—Entiende que en este momento ella no te ve como una madre protectora…

—Está bien, está bien —interrumpió nuevamente Marina—. Lo siento. Para una madre es muy duro no poder ayudar a su hija…

—Parece una chica fuerte e inteligente. Lo superará.

—¿La has visto?

—No, pero he hablado con un compañero que estuvo ayer con ella. Está bien, te lo aseguro y superará todo esto.

—¿Y tú? ¿No estás en peligro por haberme ayudado?

—Estoy bajo sospecha, digamos que estoy en riesgo. Pero debo aguantar un poco para ayudar a sacar partido de los documentos que has conseguido. Tu exmarido era realmente listo: no solo fue capaz de controlar y dominar a su amado pueblo, sino que también sabía perfectamente cómo hacer daño y destruir a sus propios amigos.

—Sí, por experiencia te puedo asegurar que siempre fue muy eficiente haciendo daño... sin que los sentimientos le interfirieran...

—Ya estamos obteniendo beneficios de la información. Hemos conseguido destruir gran cantidad de datos de los servicios secretos, los cuales están sumidos en la confusión y el temor, por un ataque que no saben de dónde viene... Por otra parte, esta misma mañana, hemos filtrado algunos documentos seleccionados a ministros y altos cargos que crearán desconfianza y enfrentamientos entre ellos. Y solo es el principio... Además, las claves de cifrado y acceso que contenían los documentos nos permitirán, a los que estamos trabajando dentro del régimen, tomar el control de sus sistemas. Creo que no es exagerado decir que empezamos a enfrentarnos a ellos en igualdad de condiciones. También nos ayudará a combatir otros gobiernos europeos. Empieza a estar en nuestras manos construir algo mejor.

—Se avecinan tiempos revueltos.

—Sí, pero no te preocupes, tú estarás segura. Te enviaremos a la Federación Ibérica, nos será más fácil ocultarte y protegerte allí. Lo estamos organizando. Como te he dicho, en dos o tres semanas tu hija estará en condiciones de decidir lo que quiere hacer. Si quiere ir contigo, la llevaremos y estaréis juntas; si no, debes aceptar que no la puedes obligar a vivir una vida que no es la suya. La dejaremos sana y salva para que vaya donde quiera. No podrá identificar ni dónde ha estado ni con quién; no será un peligro para nosotros. En cualquier caso tú tendrás una nueva vida totalmente anónima y sin riesgos, te lo prometo.

Marina, muy seria, se quedó mirando fijamente a Pau, que finalmente, incómodo, no pudo mantener la mirada y preguntó:

—¿Qué pasa?

—No —respondió ella.

—¿Qué? — preguntó sorprendido Pau.

— ¿Tú crees que después de todo lo que he pasado y visto durante estas dos últimas semanas puedo seguir con «una vida anónima y sin riesgos»? No, ya no podría vivir así —se respondió ella misma—. Al menos tengo que intentar ayudar como me han ayudado a mí, colaborar para que esta locura acabe y recuperar lo que perdimos hace tanto tiempo que ya ni siquiera echábamos de menos.

—Ya sabes lo peligroso que es…— replicó Pau.

—¡Por supuesto que lo sé! ¿Algún peligro mayor que morir? —no esperó respuesta y continuó hablando—. Ayer estaba convencida que moriría y lo aceptaba. Aparte de pensar en mi hija, solo me preocupaban dos cosas: ganar algo de tiempo para que pudieran protegerse los que me habían ayudado y que, llegado el momento, mi muerte fuese rápida. Se terminaron las vidas anónimas y sin riesgo para mí, ya he tenido suficiente.

—Está bien —dijo Pau—. No te prometo nada, pero haré todo lo que pueda para ayudarte.

Marina, con expresión seria, continuó mirando a Pau. Luego puso una sonrisa en su cara, negó con la cabeza y dijo

—Creo que no has entendido nada… No se trata de lo que tú puedes hacer para ayudarme, sino de lo que yo haré para ayudar.

Marina se había sentido muerta por dos veces en su vida y ahora, por fin, se sentía viva.